CARTAS DO POETA SOBRE A VIDA

a sabedoria de *Rilke*

Rainer Maria Rilke

Cartas do poeta sobre a vida

a sabedoria de *Rilke*

organização e introdução
Ulrich Baer

tradução
Milton Camargo Mota

martins fontes
selo martins

O original desta obra foi publicado com o título
The poet's guide to life: The wisdom of Rilke
© 2005, Ulrich Baer
Publicado originariamentee, nos Estados Unidos, pela Modern Library, selo de The Random
House Publishing Group, uma divisão de Random House, Inc., Nova York.
© 2007, Livraria Martins Fontes Editora Ltda., São Paulo, para a presente edição.

Para esta edição, os trechos das cartas e dos diários de Rainer Maria Rilke foram traduzidos
diretamente de excertos em alemão e francês, gentilmente cedidos por Ulrich Baer.

Publisher	*Evandro Mendonça Martins Fontes*
Coordenação editorial	*Vanessa Faleck*
Preparação	*Graziela Schneider*
Revisão	*Flávia Schiavo*
	Simone Zaccarias
Produção gráfica	*Sidnei Simonelli*

Dados Internacionais de Catalogação na Publicação (CIP)
(Câmara Brasileira do Livro, SP, Brasil)

Rilke, Rainer Maria, 1875–1926
    Cartas do poeta sobre a vida : a sabedoria de Rilke / organização Ulrich Baer ; tradução Milton Camargo Mota. – São Paulo : Martins 2007. – (Coleção Prosa)

Título original: The poet's guide to life
ISBN 978-85-99102-28-2

    1. Escritores alemães – Século 20 – Correspondência 2. Rilke, Rainer Maria, 1875–1926 – Correspondência 3. Rilke, Rainer Maria, 1875–1926 – Traduções I. Baer, Ulrich. II. Título. III. Série.

06-8521   CDD-831.912

Índices para catálogo sistemático:
1. Cartas : Século 20 : Literatura alemã   831.912
2. Século 20 : Cartas : Literatura alemã   831.912

Todos os direitos desta edição no Brasil reservados à
Martins Editora Livraria Ltda.
Av. Dr. Arnaldo, 2076
01255-000 São Paulo SP Brasil
Tel.: (11) 3116.0000
info@emartinsfontes.com.br
www.martinsfontes-selomartins.com.br

SUMÁRIO

Introdução 7

SOBRE VIDA E VIVER
É preciso viver a vida ao limite 59

SOBRE SER COM OS OUTROS
Ser uma parte, isso é nossa realização 81

SOBRE TRABALHO
Levante-se com alegria em seus dias de trabalho 97

SOBRE DIFICULDADE E ADVERSIDADE
A medida pela qual conhecemos nossa força 109

SOBRE INFÂNCIA E EDUCAÇÃO
O prazer da descoberta diária 121

SOBRE NATUREZA
Ela não sabe nada de nós 131

SOBRE SOLIDÃO
Os mais solitários são, precisamente, os que mais
contribuem para a coletividade 137

SOBRE DOENÇA E CONVALESCENÇA
A dor não tolera interpretação 149

SOBRE PERDA, MORRER E MORTE
Nem mesmo o tempo "consola"... Ele põe as coisas
no devido lugar e cria ordem 161

SOBRE LINGUAGEM
A vasta, sussurrante e oscilante sintaxe 181

SOBRE ARTE
A arte se apresenta como uma concepção de vida 189

SOBRE FÉ
Uma direção do coração 217

SOBRE BONDADE E MORAL
Nada que é bom, tão logo venha à existência,
pode ser suprimido 233

SOBRE AMOR
Não há força no mundo exceto o amor 241

Fontes 259

INTRODUÇÃO

Ulrich Baer

Mas ter sido *uma* vez, *uma* só vez que seja:
ter sido *terrestre* não parece revogável.
Tudo o que
podemos realizar é nos reconhecermos por completo
no que se pode ver na terra.
(*Elegias de Duíno*, n. 9)

Toda manhã o poeta se sentava à escrivaninha para trabalhar. Tudo havia sido cuidadosamente preparado: ele tinha vestido camisa, gravata e um terno escuro feito sob medida; tinha tomado o café da manhã à mesa (sempre que possível, havia prataria autêntica e roupa de mesa de linho espesso); sorvido lentamente seu bom café; e mantido grande parte de sua linguagem para si mesmo, gastando-a apenas para dirigir à discreta governanta um breve comentário sobre o tempo ou sobre como as flores cortadas estavam resistindo bravamente. Agora, ele encarava as duas canetas à sua frente. Uma, reservada para o trabalho – os poucos volumes de poemas que tinha publicado e o único romance que lhe havia granjeado certa aclamação –, enquanto a outra era a caneta para se livrar de contas, pedidos e cartas, o tipo de coisa que exigia palavras e linguagem, mas não se qualificava, no que diz respeito ao público leitor ou ao exigente eu do poeta, como "trabalho" poético. Ele tinha adotado uma máxima cedo na vida, durante um de seus aprendizados com um artista mais velho cuja concentração exemplar havia sido uma inspiração: "É preciso trabalhar, nada senão trabalhar, e é preciso ter paciência". Em várias ocasiões, ele havia citado por impresso essa máxima, como também escrito um pequeno livro sobre a obra e a vida desse artista. Mas, na verdade, não lhe tinha sido fácil compreender como uma pessoa poderia privilegiar o trabalho acima de tudo o mais e de forma tão intransigente. Ai!, *viver* de acordo com esse mantra, que exaltava a santificação do trabalho, provou ser ainda mais árduo. Nada senão trabalhar. Toda manhã, não encare outra coisa senão a si mesmo, fique verdadeiramente sozinho e escolha uma das duas canetas que poderia canalizar a produção do dia. Havia a escrivaninha, cuidadosamente posta no centro da sala e amorosamente coberta com uma echarpe de seda emprestada de uma amiga abastada; havia as flores enviadas pela mesma amiga e arranjadas num vaso branco redondo; havia uma pilha de papéis de "trabalho" caros e outra (de fato, bastante generosa) de artigos de papelaria igualmente caros. Tudo estava arranjado, ele vestira a roupa adequada, e agora era só uma questão de começar a escrever e então "nada senão trabalhar". Rilke, porém, sabia que essa máxima estava começando a soar tão vazia como a maioria das orações diárias, e sabia melhor ainda que todas as suas armadilhas não passavam de um disfarce, um embuste para encobrir a auto-indulgente ânsia de se levantar e caminhar em algum lugar, voltar para a cama, olhar a correspondência ou as rosas, entregar-se à tentação e dar um passeio, fazer uma visita, fazer uma pausa. Quando estava prestes a se levantar da cadeira, pronto para perder a batalha dessa manhã que havia durado apenas alguns segundos e, no entanto, dilacerado sua alma, seus olhos se deitaram sobre o livrinho que listava sua correspondência. Cada carta que ele tinha recebido estava catalogada ali com nome e data, e aqueles para quem havia respondido estavam riscados. Ele costumava escrever uma carta atrás da outra, várias delas com oito páginas de extensão. A próxima coisa que acontecia era a governanta bater levemente à porta. Era hora do almoço. Uma pilha de envelopes caprichosamente endereçados tinha se erguido sobre a mesa, e mais de duas dúzias de nomes tinham sido riscadas da "certa listinha" no livrinho. Ele tinha trabalhado? Qual caneta havia pegado? Por várias horas, a linguagem correra através dele como se fosse óleo ou cera, que se tornam mais maleáveis quando submetidos a movimento e calor. Sua caneta tinha produzido o que ele chamava "o suco": algumas cartas eram pessoais, brincalhonas, repletas de imagens espirituosas, apartes autozombeteiros e detalhes de sua vida cotidiana; outras mal traziam uma saudação apropriada antes de desenrolar uma reflexão extensa e precisa sobre uma questão ou um problema particulares. Ao longo da manhã, Rilke tinha conversado intimamente com uma série de indivíduos, sempre modulando ligeiramente a voz para cada um deles. Ao escrever suas cartas, ele havia desenvolvido não apenas seu pensamento mas também sua linguagem. Contudo, como eram cartas destinadas a abandoná-lo dentro de algumas horas, serviam a uma função diferente da do diário e dos cadernos que ele mantinha para escrever rascunhos e idéias como potenciais sementes para poemas mais longos. As cartas se tornaram um espaço de ensaio: Rilke levantava a cortina de seu processo criativo apenas o suficiente para afastar a sensação de isolamento que ameaçava solapar sua benquista e arduamente conquistada solidão. "Afora minha voz que aponta além de mim", ele escreve numa carta de 24 de janeiro de 1920, "há ainda o som desse pequeno anseio que se origina em minha solidão e que ainda não dominei por completo, um tom triste-sibilante que sopra através de uma fenda nessa solidão mal vedada – ele *clama* ai, e evoca os outros até mim!" A caneta de trabalho não havia sido tocada, nenhum poema tinha nascido, e até mesmo algumas das folhas reservadas apenas aos versos tinham sido solicitadas quando os papéis para carta se esgotaram. Páginas e mais páginas tinham sido preenchidas. E, embora tivesse expedido essas cartas, Rilke acumulara e guardara para outras pessoas a riqueza de idéias expressas, imagens admiráveis e pensamentos verbalizados que ele, posteriormente, destilaria nas formas mais densas de seu trabalho poético.

A obra de Rainer Maria Rilke capturou a imaginação de músicos, filósofos, artistas, escritores e amantes da poesia, e estendeu o alcance da poesia a pessoas raramente interessadas em elocuções humanas versificadas. Marlene Dietrich, Martin Heidegger e Warren Zevon recitavam de cor poemas de Rilke. Essa capacidade das palavras de Rilke de tocar pessoas tão diferentes como se cada palavra tivesse sido escrita só para elas, à parte sua estima entre colegas poetas e acadêmicos, confere à sua poesia a força que ela tem e impediu sua obra de se tornar um mero artefato da civilização que Hegel foi o primeiro a chamar de Velha Europa. O poder dos escritos de Rilke resulta de sua habilidade em entrelaçar a descrição de objetos cotidianos, sentimentos minuciosos, pequenos gestos e coisas desprezadas – aquilo que constitui o mundo para cada um de nós – com temas transcendentes. Ao entrelaçar o cotidiano e o transcendente, Rilke insinua em sua poesia – e explica minuciosamente em suas cartas – que a chave para os segredos de nossa existência pode ser encontrada bem diante de nossos olhos. Essa insinuação não é domínio exclusivo da obra poética de Rilke, que abrange 11 coletâneas publicadas antes de sua morte, em 1926, e um grande número de poemas publicados postumamente. Ele foi um epistológrafo prodigioso, e em sua correspondência espantosamente vasta Rilke se solta das coerções do verso alemão para produzir reflexões contundentes e acessíveis sobre um amplo espectro de tópicos.

Tome este livro como um manual do usuário para a vida: abra-o em qualquer lugar, se o que você necessita exatamente agora é o apoio para sua experiência o qual parece ausente durante períodos especialmente exasperantes ou jubilosos de nossa vida. Ou use *Cartas do poeta sobre a vida – a sabedoria de Rilke* como um recurso adaptável para os momentos da vida em que algo significativo merece ser dito. Por boas razões, as relativamente escassas palavras de Rilke até agora traduzidas já se tornaram as favoritas em casamentos e festas de formatura, e são afixadas em paredes de hospitais e escolas maternais. Rilke possuía a habilidade excepcional de formular as experiências e emoções mais profundas com grande precisão e sem desprendê-las da realidade vivida em que elas surgem ou à qual elas respondem. Este livro contém essas palavras, que Rilke tencionava que fossem *usadas na vida e para a vida*. Não era seu desejo que seus escritos fossem postos em redomas como orquídeas feitas de seda; ao contrário, ele esperava que fossem lidos com irreverência, ditos não apenas por guardiões profissionais da alta cultura, mas inspirados profundamente para dentro da desordem inevitável da vida.

Rilke assinala que podemos ser abalados por perdas e ganhos, que podemos ser perturbados tanto por encontros negativos, adversidade, dificuldade, doença, perda e morte quanto pela peculiar intensificação de nosso ser na experiência da alegria, amizade, criação e, especialmente, do amor. Ele também enfatiza que, durante essas experiências, estamos fundamentalmente sozinhos, até mesmo quando elas nos aproximam das outras pessoas. Durante tais momentos, quando nossa vida subitamente se abre à indagação, somos lançados de volta sobre nós mesmos sem apoio de nenhuma intervenção externa. Todo rito de passagem – nascimento, adolescência, amor, compromisso, doença, perda, morte – marca essa experiência em que nos confrontamos com nossa solidão. Mas isso não é um pensamento melancólico para Rilke. Ele revaloriza a solidão como ensejo para reconsiderarmos nossas decisões e experiências e termos uma compreensão mais exata de nós mesmos – e suas palavras podem servir como guias mais do que adequados para essa reflexão.

Se você está procurando uma orientação específica quando a vida o confronta ou o recompensa com um desafio ou uma oportunidade particulares, vá então a uma seção específica. Este livro é organizado em seções que correspondem aos temas predominantes que encontrei nas cerca de sete mil cartas de Rilke que li. A seqüência dos capítulos e dos trechos dentro de cada um deles não é cronológica, mas baseia-se em minha experiência da leitura da obra de Rilke. Ela mapeia a vida numa trajetória que vai de uma consideração da existência com os outros, com trabalho, adversidade, educação, natureza e solidão, passando por doença, perda e morte, até a emergência de nós mesmos na linguagem, na arte e na criação e, finalmente, nossa culminação na experiência do amor. Oh, de fato, Rilke é o grande poeta do amor. Ele não nasceu assim, mas suas experiências não lhe deixaram outra opção a não ser crer sem rendição nessa grande, imensa possibilidade de amar outro ser humano, que pode ocorrer a cada um de nós em qualquer momento. Mas não, ele não é sentimental. O amor é posto no fim deste livro porque para Rilke amor é trabalho e, em última análise, uma difícil conquista da alma. Em nossa era tão faminta de sustento espiritual e tão facilmente seduzida pela promessa de salvação, Rilke revela-se pertinente ao definir o amor como o equivalente do homem moderno para a oração aos nossos deuses desaparecidos. É a maior dádiva que este mundo, em outros aspectos radicalmente indiferente, se não inóspito, pode nos conceder – na forma do encontro com outra pessoa. Esse não é um tema fácil de formular do modo correto. E há incontáveis outros exemplos de alterações internas pequenas ou vastas, que, às vezes, mas não sempre, coincidem com eventos da vida socialmente marcados e profusamente celebrados, que podem se beneficiar com a lucidez da prosa de Rilke. *Cartas do poeta sobre a vida – a sabedoria de Rilke* destina-se a oferecer palavras que capturem o significado, a profundidade, a importância de tais ocasiões.

Cartas a um jovem poeta, de Rilke (uma série de dez cartas escritas entre 1903 e 1908, com primeira publicação em 1929), iniciou inúmeros leitores num engajamento sério com Rilke, enquanto a famosa abertura das *Elegias de Duíno* – "Quem, se eu gritasse, me ouviria entre as hierarquias dos anjos?" – certamente se inclui entre as mais pungentes expressões da sede humana por sentido numa era desprovida de garantias transcendentais. Na mesma medida em que Rilke instigou leitores fora da academia, os críticos literários produzem extensas análises da promessa rilkeana de redenção suspensa sobre o abismo do nada que assombra toda a literatura moderna. Essa promessa de salvação existencial da obra de Rilke é vista como a possibilidade extrema da literatura moderna, isto é, secular.

E, no entanto, embora haja um interesse notavelmente contínuo em sua obra e um produtivo engajamento crítico com ela, o Rilke da vida cotidiana ainda espera ser descoberto. O célebre *Cartas a um jovem poeta* não constitui senão um pequeno fragmento da verdadeira produção de Rilke como epistológrafo. Esse livro de poucas páginas foi escrito durante um período em que Rilke ainda estava procurando seu caminho como poeta e mal tinha começado a viver a vida que emprestaria à sua correspondência sua pungência, intensidade e peso. Nessas pequenas dez cartas iniciais, Rilke meticulosamente aconselha um poeta mais jovem a esperar com paciência sua vocação própria, mas não oferece uma visão matizada de como essa vida realmente *pareceria*, nem de como podemos lidar com as partes da vida que nos atraem para longe de nossas escrivaninhas e gabinetes e, obstinada, gloriosa e dolorosamente, nos distraem dessa devoção algo idealizada, monástica, à nossa tarefa.

Esse outro Rilke, o Rilke deste livro, é um homem acessível, perspicaz e, acima de tudo, surpreendentemente *cônscio*, que manteve uma correspondência enorme, assombrosa mesmo, com uma vasta diversidade de pessoas, incluindo aristocratas e faxineiras, lojistas e políticos, sua mulher, vários patronos, editores, amigos, amantes, colegas poetas e artistas, e admiradores desconhecidos. Não importava a posição social do remetente, ele nunca deixava de responder a uma carta se achava que ela, mesmo vinda de indivíduo desconhecido, "falava a ele". Nos excertos selecionados para este livro, Rilke revela seus pensamentos sobre revoluções políticas, o papel de deus para o homem moderno, a Igreja Católica, o Islã e a religião em geral, e a profissão médica. Disserta sobre amor e vida; doença, morte e perda; infância, dificuldades, adversidades, alegrias e trabalho; sobre fé, arte e linguagem; e sobre amizade, casamento e a simples existência com os outros.

Há algo de jubiloso em ler as cartas de Rilke e testemunhar seu intelecto ao mesmo tempo à vontade e em serviço. Descobrimos um lado desconhecido de Rilke em suas cartas. Embora ele fosse um inovador e iconoclasta nos versos, suas cartas são, em última análise, realizações mais urgentes, pois não tinham a intenção de alcançar o público erudito leitor de poesia como um novo conjunto de obras de arte conscientemente modernistas, sublimemente esculpidas. Nas cartas, Rilke explora cada ângulo da vida interior celebrada que originou sua poesia e que presenteia muitos leitores – quando a encontram na prosa exata mas acessível de Rilke – com a surpreendente descoberta de que eles também possuem mais interioridade do que supunham. Apenas leitores que ciosamente protegem Rilke como domínio exclusivo dos especialistas em poesia ou que estão amarrados à figura de porcelana do Rilke-o-sábio-da-tarde-dourada mostrarão surpresa com a aplicabilidade na vida real – sim, até mesmo a *utilidade* – das observações freqüentemente incisivas de sua correspondência. Pois existe uma continuidade fundamental entre o fato de Rilke exortar os leitores de sua poesia a experimentar a vida como se cada momento fosse novo e sua análise lúcida e obstinada da condição humana em suas cartas, criando espaço para essa apreciação verdadeira da existência.

Cartas do poeta sobre a vida – a sabedoria de Rilke apresenta trechos escolhidos das cerca de sete mil cartas alemãs e francesas publicadas (estima-se que sua correspondência total, que ainda aguarda publicação e, em alguns casos, a expiração dos direitos autorais mantidos pelos destinatários, abranja aproximadamente 11 mil cartas). Em seu testamento, Rilke declarou que cada uma de suas cartas fazia parte de sua obra tanto quanto cada um de seus muitos poemas e autorizou a publicação da correspondência inteira. Mas, antes dessa legitimação oficial de seus escritos diários como parte da obra, os receptores de suas cartas desde muito haviam compreendido que possuíam em mãos outro Rilke, cuja voz rivalizava em significância com a ouvida na poesia. Já aos 17 anos, Rilke tinha professado a preferência de escrever cartas a versos a fim de atingir seus destinatários de maneiras não asseguradas pela poesia: "Eu poderia lhe dizer tudo isso em verso, e, embora os versos tenham se tornado uma segunda natureza para mim, a palavra natural, simples, mas ricamente expressiva [de uma carta] emana mais fácil de meu coração para alcançar o seu", ele escreve em 2 de maio de 1893 para seu primeiro amor, Valery von David-Rhonfeld. Nessa aguda distinção entre cartas e versos, Rilke timidamente dá a entender que sua amada receptora evoca sua virada para a prosa. A ironia, sem dúvida, é que, se a poesia tinha se tornado a segunda natureza de Rilke, as cartas agora tinham mais valor de acordo com o próprio Rilke porque ocasionavam expressões novas e inesperadas. O que é mais significativo é que o desejo de Rilke de alcançar seu destinatário sem artifício ou retórica emerge aqui: quando Rilke tem algo urgente e íntimo para comunicar, ele lança mão da carta "natural, simples" em vez dos versos. De fato, todas as cartas de Rilke, e não apenas esse exemplo inicial, originam-se no desejo de tratar o outro diretamente por "você". Enquanto sua poesia tem um alcance muito além de qualquer receptor calculável, suas cartas convidam e localizam o outro dentro do que Rilke chama de "círculos cada vez mais amplos" de sua existência. Ao atribuir às cartas uma diferente capacidade de atingir o outro, Rilke revela a seus receptores, com a mesma força de sua poesia mas sem o peso das convenções formais da lírica, o que poderia ser a intenção de um *guia para a vida*.

A vida de Rilke: 1875-1926

Um guia para a vida: o que isso poderia significar? E o que poderia significar ser guiado por alguém cuja biografia, que se tornou um mito bruxuleante em si mesmo, não fornece exatamente um exemplo a ser imitado? Rilke deixou esposa e filha para se tornar poeta e iniciou casos de amor com várias mulheres, e, mal sentia a urgência de retornar à mesa de trabalho, deixava de lado também esses relacionamentos. Muitas vezes gastava além de seu modesto rendimento de publicações e preleções e se via forçado a suplicar e às vezes mendigar adiantamentos, doações, presentes em espécie e empréstimos emergenciais de benfeitores e de seu editor. Ele era extremamente sensível a críticas, e, embora princesas, políticos, os mais famosos escritores da Europa e inúmeros leitores encantados o acumulassem de elogios, uma desfeita de um indivíduo desconhecido era capaz de perturbá-lo profundamente. Abominava a religião organizada e desconfiava da profissão médica; morreu de leucemia não diagnosticada em 1926, depois de sofrer desnecessariamente porque só aceitava a medicação básica. E, assim como dava grande valor à solidão e à independência, Rilke contava tanto com a bondade de patronos que alguns biógrafos moralizantes o repreenderam pela repugnante ânsia burguesa de pertencer à alta sociedade, na qual não nascera e cujos privilégios ele não podia custear.

    Rilke nasceu em 1875 em Praga de pais que falavam alemão, pertencentes à classe média e socialmente ambiciosos, cuja vida jamais chegou a ser o que tinham imaginado para si mesmos. Ele foi designado para o tipo de carreira militar que seu pai abandonara bastante frustrado depois de não conseguir uma promoção, mas Rilke deixou a academia militar após vários anos de sofrimento no ambiente severo. Obteve seu diploma de ensino secundário estudando com professores particulares e, aos vinte anos, tinha publicado dois livros de poesia, editado um pequeno jornal literário e se apaixonado perdidamente por Valery. Após um ano na universidade estudando história da arte, literatura e filosofia, fugiu da estreiteza de Praga (igualmente lar de Franz Kafka e Franz Werfel, pelos quais Rilke tinha grande admiração) para Munique, onde continuou seus estudos por mais outro ano. Resolveu tornar-se poeta e iniciou um período de aprendizado emocional e artístico empreendendo longas viagens à Itália e à Rússia com sua amante Lou Andreas-Salomé, a mulher mais velha e muito mais cosmopolita a quem Friedrich Wilhelm Nietzsche uma vez pedira em casamento e que estaria entre as primeiras psicanalistas treinadas por Sigmund Freud. Andreas-Salomé foi mentora e mãe de Rilke e o encorajou a mudar seu nome René para o mais masculino Rainer e a praticar uma assinatura e uma caligrafia com a verve e o rasgo condizentes a um poeta. Lou provou ser uma boa professora: já durante sua vida, muitos dos livros elegantemente impressos de Rilke não traziam título algum, mas apenas um fac-símile gofrado de sua assinatura corrida, cuidadosamente traçada, inconsútil . Rilke viajou bastante, conheceu uma jovem escultora alemã, Clara Westhoff, por quem se apaixonou e com quem se casou em abril de 1901, após ela ficar grávida da única filha de ambos, Ruth, que nasceria em dezembro do mesmo ano. Depois de um ano vivendo com pouquíssimo dinheiro numa casa rústica de fazenda no norte da Alemanha com Clara e a filha, Rilke abandonou a jovem família em troca das luzes brilhantes de Paris, onde arranjou uma posição como secretário do escultor Auguste Rodin. Clara se juntou a ele em Paris por algum tempo, deixando a filha para ser criada por seus pais, mas Rilke nunca voltou a viver com sua família. Embora Clara tenha permanecido uma amiga e Rilke tenha pago escrupulosamente as despesas de subsistência da mulher e da filha por toda a vida, ele sabia muito bem que nunca tinha sido um bom marido, assim como nunca foi um bom pai.

Os anos em Paris revelaram-se formadores. Rilke se tornou um poeta bem conhecido em países de língua alemã após publicar vários livros de poesia, incluindo *O livro das horas* em 1905 (uma série de orações a Deus imensamente vívidas escritas com o fervor e a bravata de um adolescente ardendo de desejo não-consumado, reprimido de amor real) e o decisivamente modernista *Novos poemas* em 1909. Nessa última coletânea, Rilke aperfeiçoou seu gênero de naturezas-mortas lingüísticas, *Dinggedichte*, ou "poemas-coisa", que apresenta uma série de efeitos dos objetos sobre a consciência do poeta (em vez de fazer crônicas das respostas emocionais e cognitivas do poeta a eles). Viagens extensas o levaram à Rússia; a várias partes da Europa, incluindo Itália, Espanha e regiões da Escandinávia; África setentrional, incluindo Marrocos e Egito. Com a deflagração da Primeira Guerra Mundial, Rilke foi recrutado para o exército austro-húngaro. Após uma explosão inicial de entusiasmo pela guerra (Rilke não era pacifista, mas acreditava na necessidade ocasional de intervenção militar para assegurar a paz), ele buscou auxílio entre amigos bem posicionados, que acabaram por lhe garantir uma função de escrevente a uma distância segura do *front*. Durante esse período, sua atividade poética quase cessou. Rilke tinha sido forçado a deixar Paris como um cidadão-inimigo sem tempo algum para planos e nenhuma certeza de uma data de regresso; perdeu todos os pertences com exceção de dois baús cheios de papéis que André Gide achou e guardou para ele até depois da guerra. Viajou para lá e para cá entre Munique e Viena esperando sua convocação e então, após o serviço, sua dispensa do exército. Uma fotografia dessa época mostra a cabeça grande do poeta como uma máscara descarnada, congelada com um olhar de resignação como se não restasse mais nada no mundo que pudesse arrancar-lhe uma resposta. Para Rilke, esse estado de entorpecimento emocional foi o pior destino possível; sua verdadeira compaixão (e autopiedade) sempre se estendeu àqueles para quem o mundo tinha cessado de propiciar novas experiências.

Rilke deixou a Alemanha em 1919 e nunca mais pôs os pés no país onde gozou da maior reputação. Seus livros eram publicados ali, mas ele sentia profunda ambivalência em relação à Alemanha e a considerava responsável pela guerra devastadora e por suas conseqüências. "Odeio *tanto* esse povo [os alemães]... Jamais alguém poderá dizer que escrevo na língua *deles*!", escreve Rilke, em alemão, em primeiro de janeiro de 1923. À parte as traduções durante os anos de guerra, Rilke praticamente parou de escrever poesia até 1922, ano em que patronos ricos compraram e modestamente reformaram um chalé de pedra, pequeno e meio dilapidado (embora trouxesse o título de "château") na Suíça, onde poderia se recuperar das feridas psicológicas dos anos de guerra. Ele também se apaixonou de novo, e de novo e então mais uma vez – para muitas mulheres, Rilke revelou ser extremamente irresistível, e ele não armava nenhuma defesa. Em 1912 – uma década antes – Rilke tinha começado a escrever suas *Elegias de Duíno* no velho castelo de Duíno, perto de Trieste, na costa acidentada do norte da Itália, propriedade de grandes amigos, o príncipe e a princesa de Thurn e Taxis. Em 1923, Rilke terminou as *Elegias* e escreveu seus *Sonetos a Orfeu* numa explosão de excepcional criatividade ao longo de duas semanas em fevereiro, na torre de Muzot. Muzot tinha se tornado mais do que um paraíso seguro: era agora o templo onde sua maior criação poética foi concebida, e a Suíça seria o refúgio do qual ele nunca mais sairia. Rilke completou as dez longas *Elegias* (uma adicional 11ª acabou sendo excluída) em oito dias e escreveu os primeiros 25 poemas de *Sonetos a Orfeu* entre 2 e 5 de fevereiro de 1923, e em seguida completou o ciclo de 55 poemas, além de uma série de poemas esparsos em outros dez dias, uma semana depois. Até mesmo alguns dos detratores de Rilke admitiram com certa relutância que, no caso do autodescrito "furacão das mais intensas habilidades" de Rilke, durante o qual as *Elegias* e os

Sonetos tinham sido compostos, o "mito burguês" do gênio inspirado mostrou ser verdadeiro.

Os biógrafos aproveitaram a ausência de publicações durante os anos de guerra, até a finalização das *Elegias*, para retratar Rilke como uma figura doentia, sofredora, frágil e pura demais para este mundo. Mas Rilke absolutamente não ficara em silêncio entre 1914 e 1922. Por quase uma década, tinha refinado sua linguagem e seu pensamento escrevendo incontáveis – talvez mais de mil – cartas, que abriram o espaço onde seus poemas poderiam gestar. Muito mais do que meras notas a seus poemas, as cartas de Rilke revelam o movimento de seu pensar antes de ser condensado e compactado em metáfora e verso. Quando, em 1925, lançou um olhar retrospectivo aos anos de guerra, ele refletiu sobre a "graça" de ter preservado sua habilidade de escrever poesia como um sinal da capacidade de *cada um* de ser resgatado dos golpes armados distribuídos pelo destino: essa graça é "mais do que uma experiência pessoal porque constitui a medida para a inexaurível estratificação de nossa natureza que, ao provar que não é impossível continuar, pôde consolar de modo peculiar muitos que haviam se considerado interiormente devastados por diferentes razões". Esse senso de superação de uma grande adversidade perpassa todas suas cartas. Elas são uma prova eloqüente de que o silêncio do período de guerra foi apenas parcial e constituem um "estrato" significativo e consistente da natureza de Rilke.

De 1922 até sua morte por leucemia, em 1926, Rilke viveu em relativa reclusão por longos períodos entre visitas de amigos, viagens curtas e acessos da doença. Quando Paul Valéry – que Rilke reverenciava e cujo estilo imitou numa coletânea tardia de poemas escritos em francês – visitou a torre de Rilke, ele ficou perplexo com o fato de alguém escolher viver em tal isolamento. Rilke manteve correspondência freqüente com literalmente centenas de pessoas enquanto estava na Suíça e continuou escrevendo a despeito da dor cada vez mais severa de seu câncer não diagnosticado. Seus patronos e apoiadores — de aristocratas europeus a industriais, comerciantes e herdeiros de fortunas mercantis — professavam uma fé que aparentava ser inabalável na capacidade de Rilke de produzir; suas ocasionais preocupações sobre esbanjar dinheiro com um poeta que, havia mais de uma década, não publicava um livro e que tinha o hábito de se hospedar por longos períodos em hotéis que ele definitivamente não podia pagar são abordadas e amenizadas nas cartas de Rilke. A maioria dessas cartas é tão pessoal e lúcida que é lícito imaginar que o simples envio de uma sabedoria tão bem formulada era suficiente para recompensar o dinheiro que Rilke recebia. De fato, todos os seus correspondentes tinham consciência de que, com cada carta, eles ganhavam algo que duraria muito mais do que qualquer coisa comprada com seu dinheiro (o que não impediu alguns deles de pôr em leilão algumas dessas cartas antes da morte de Rilke). Em outras cartas, Rilke explica meticulosamente — e, com isso, tranqüiliza a si mesmo — que o processo criativo precisa de paz e tempo, exonerado de culpa e pressão para produzir e que, mesmo durante períodos de estagnação e aparente indolência, um artista pode estar preparando interiormente o que só depois emergirá como sua "obra". Cedo na vida, Rilke teve a bênção de encontrar um editor sagaz e incomensurável esteio, Anton Kippenberg, o fundador da Insel Verlag alemã, onde Rilke é ainda publicado até hoje. Ele lançou algumas das prosas curtas de Rilke em livrinhos baratos e de rápida vendagem, reeditou toda sua poesia durante sua vida e administrou sabiamente tanto o dinheiro de Rilke quanto seu nome cada vez mais influente e conseqüentemente procurado, limitando concessões para antologias e pré-publicação em periódicos. Durante a vida, Rilke desfrutou do interesse apaixonado de numerosos leitores e críticos. Apenas por um breve período, no começo da década de 1920, sua estrela ameaçou ofuscar-se um pouco, quando seu estilo de poesia emocionalmente intensa e majestosa teve de competir com os efeitos do impacto do expressionismo, do surrealismo e do dadaísmo. (Um declínio breve semelhante na popularidade de Rilke ocorreu na Alemanha por alguns anos após 1968, quando uma poesia mais abertamente política entrou em voga e Rilke foi marcado como ícone dourado da burguesia.) A vida de Rilke parece ter seguido um ritmo cujas pulsações são um tanto mais espaçadas do que as experiências listadas pelos biógrafos: publicações, subsídios, críticas e honras; amizades, amores e perdas; viagens, mudanças e encontros com notáveis de sua época. Os detalhes de sua biografia − a série de amantes, o serviço militar, as viagens, as relações complexas com doadores, o engajamento com os artistas de seu tempo −, embora individualmente fascinantes, estão, em última análise, sob uma cadência maior, uma pulsação mais expansiva que muitas vezes é obscurecida pelos detalhes da maioria das biografias existentes. Essa cadência maior permeia a todo momento as linhas de Rilke, tanto na poesia quanto na prosa, como a respiração concentrada, silenciosa de um grande iogue. Se essa idéia parece por demais exagerada, para Rilke ela está enraizada muito profundamente em suas experiências do mundo. O resultado não é esotérico, nem relativiza ou, por isso, apequena implicitamente a atividade humana ao inseri-la numa ordem maior, superior − não divina. Ao ver as coisas num padrão mais amplo, natural (em vez de ideológico ou religioso), Rilke alcança uma perspectiva secular moderna em essência, mas não renuncia à possibilidade de haver algo maior em nossa vida. O interessante é que Rilke encontra indício de uma conexão com padrões mais amplos, cósmicos, no interior de nossa existência física, corpórea. O modo como respiramos, comemos, dormimos, digerimos e amamos; como sofremos fisicamente ou experimentamos prazer: estamos sujeitos a ritmos que não podemos controlar de todo. Rilke não se apóia em estrutura ideacional alguma, mas compreende nossa existência como a de mortais decididamente terrenos, corporificados ou – na linguagem dos filósofos cujo trabalho ele moldou e inspirou tão significativamente – como seres no tempo.

Rilke pode soar como um visionário quando escreve sobre o amor. Isso é notório. No entanto, quando explica como agir durante e após uma séria desavença no casamento ou como lidar com a atração por outra pessoa do mesmo sexo, ele é recompensadoramente pragmático, aplicável e, sem dúvida, progressista. Isso é algo quase desconhecido para a maioria de seus leitores: em sua visão da sociedade e da política, tal como evidenciada pelas cartas, Rilke era um progressista social; alguns talvez o considerem um radical. Suas visões sobre a arte não são menos avançadas. Elas constituem um importante contraponto tanto à imagem romântica do poeta como o "Papai Noel da solidão" (sua descrição por W. H. Auden) quanto a uma compreensão da arte que se alastrou durante sua vida e que se baseava nos termos ditados pela indústria do entretenimento, pelo mercado editorial e pelo de arte. E, quando explica o processo de criação, talvez exagerando um pouco sua admiração pelo sucesso de um patrono no comércio, ele explica por que considera até mesmo a arte da transação uma atividade importante e digna em termos humanos. Quando aborda temas tão prosaicos, ele é convincente justo porque não estava imune a como a vida é vivida hoje – e por conseguinte porque tinha intuição real disso, o que inclui uma compreensão aguçada, conquistada a duras penas, acerca do mundo dos negócios e das recompensas, e das armadilhas do reconhecimento público.

A visão de mundo de Rilke em suas cartas

Na poesia de Rilke, o hábil entrelaçamento entre perspectivas estreitamente focadas e amplas pode assumir a forma da metáfora predominante da "queda", que lhe permite apresentar como um movimento contínuo a queda das folhas outonais, nossa própria queda e morte inevitáveis, e a grande queda sem direção de nosso planeta pela vastidão do espaço. Nas cartas, Rilke explica esse ritmo amplo, criador de espaço, em que ele procurou colocar nossa compreensão da vida ao tratar de todas as coisas que não podiam ser apropriadamente assimiladas no momento de sua ocorrência. Ver as coisas como parte de uma perspectiva maior significava, para ele, reconhecer e sobreviver à profundeza da dificuldade imposta por tais coisas em vez de tentar erradicá-las ou vomitá-las no divã de um psicanalista "em fragmentados restos imprestáveis ou mal compreendidos da infância". Para alguém como ele, determinado a viver a vida examinada, a única maneira de conduzir essa inspeção foi escrever sobre ela. "O tempo", escreve em outra carta, "nem mesmo o tempo 'consola', como se diz por aí; ele, na melhor das hipóteses, põe as coisas no devido lugar e cria ordem." Portanto, a orientação oferecida por Rilke não é uma solução rápida, mas um ajuste que requer trabalho, participação, atenção e paciência.

Rilke não era apenas sério, mas também muitas vezes implacável, quando se tratava de talhar espaço no mármore do dia para escrever. "Sei que não posso cortar minha vida dos destinos com que se emaranhou", escreve Rilke numa carta de 1903 a Andreas-Salomé sobre sua decisão de deixar a esposa e a filha pequena, "mas tenho de encontrar a força para elevar a vida em sua integralidade e encerrar tudo na quietude, na solidão, no silêncio de profundos dias de trabalho." Rilke se quedava muito absorvido em seu trabalho para ser um bom pai ou marido. Um guia para a vida não precisa ser estabelecido por um indivíduo exemplar. O próprio Rilke se antecipava à tendência de seus críticos de se concentrar em sua biografia e julgar sua vida, com todas as decisões ruinosas, dificuldades e conquistas sublimes que ela trazia consigo, e o fazia submetendo à sua arte todo questionamento sobre sua vida. Antecipando-se ao julgamento de críticos e biógrafos posteriores sobre suas escolhas de vida, Rilke remetia todos que eram próximos a ele "àquelas regiões onde ele tinha depositado todos os talentos": sua arte. Sim, Rilke às vezes invocava seu "chamado à arte" como desculpa para suas falhas. No entanto, ele queria estar absolutamente certo de que seu modo de viver devia ser determinado apenas por ele. É justo essa percepção que confere às suas palavras a força que elas têm:

> Não pense você que quem procura consolá-lo vive sem esforço em meio às palavras simples e serenas que às vezes confortam você. A vida dele tem muita tribulação e tristeza e permanece muito aquém da sua. Mas, se fosse diferente, ele jamais poderia ter encontrado essas palavras.

A força do conselho de Rilke resulta de sua determinação de encontrar os termos mais precisos para o que pesa sobre ele e – como o formula em outro lugar – para o que o torce e o "deforma". Suas cartas capturam essas mossas e impressões deixadas pela torcedura da vida, que adquirem grande acuidade graças ao ouvido excepcionalmente afinado de Rilke e sua incomum disposição para explorar as próprias falhas.

As palavras nas cartas de Rilke são *palavras vividas*, no sentido em que às vezes falamos de *experiência vivida*: cada palavra é algo que Rilke considerava ter atravessado e, de fato, sofrido até o fim. Mas cada palavra nas cartas conduz diretamente de volta à vida, colocando o escritor e seus receptores em círculos cada vez mais amplos que não conhecem um todo maior externo, ulterior ou transcendente.

O empenho de Rilke em não evitar os contornos de nossa dificuldade, mas se conscientizar deles, encontra paralelo em suas visões sobre a arte. Sua obra não constitui uma educação estética em que é a apreciação da beleza que leva a reconhecer a verdade. No seguinte trecho de uma carta, Rilke se separa da tradição romântica definida por Friedrich Schiller e John Keats:

> Você sabe que o inexorável deve estar presente [na poesia] por vontade do rogado, e que a beleza se torna rala e insignificante quando buscada apenas no que é agradável. Ocasionalmente ela se move aí, mas reside e está desperta em cada coisa em que se encerra e emerge apenas para aquele que crê em sua presença em toda parte e não avança a lugar algum antes que esse alguém obstinadamente a persuada a sair.

A beleza "reside e está desperta em cada coisa": para Rilke, a busca da beleza bloqueia nosso caminho rumo ao verdadeiro propósito da arte, que é a verdade – ou a integridade e a honestidade, como ele prefere dizer. Devemos olhar *em toda parte*, incluindo os lugares que nos parecem desagradáveis; de acordo com isso, ele não poderia em sua vida fingir ignorar as partes que não faziam sentido, que magoavam a ele ou aos outros gravemente ou que lhe teriam sido mais conveniente negar, reprimir e esquecer – daí o grande número de cartas escritas à esposa e seu esforço em compreender a si mesmo como artista e pai. Rilke também deu fim ao mito romântico de que devemos renunciar ao corpo numa rendição febril e extática como um sacrifício à arte. Sim, Rilke tinha um corpo (ele era de compleição franzina, altura mediana e se considerava sem graça) e não esquecia as necessidades do corpo quando estava vivendo a vida do espírito: "Sabe que não sou um desses indivíduos que negligenciam o corpo para fazer dele uma oferenda para a alma; minha alma não teria apreciado nem um pouco tal sacrifício". Ele tentava ouvir seu corpo e traduzir seu idioma em palavras inteligíveis. E evitava as seduções do desprendimento irônico e da irrelevância autodeclarada com que se compraziam os mestres modernos. Sem escrever, insinuam as cartas de Rilke, talvez não compreendamos o que acontece exatamente e nos tornemos insensíveis à própria realidade; talvez aceitemos a óbvia e latente hierarquia ao nosso redor, concordando involuntariamente com condições injustas, não por covardia mas por nosso fracasso em encontrar expressões significantes para elas e, assim, torná-las evidentes para nós. Sua busca por "palavras simples e serenas" não equivale a quietismo. "Ter sido *terrestre* não parece revogável", lemos nas *Elegias*. Não há nenhuma resignação nessa declaração. Ao contrário, a noção de Rilke de que nossa mera presença neste planeta merece afirmação nutria seu compromisso de buscar em suas experiências um guia para a vida.

Por essa razão, Rilke tentava se exprimir em palavras: ele tinha uma necessidade premente de dar testemunho de sua vida neste mundo. "Como é possível viver se os elementos desta vida nos são totalmente incompreensíveis?", pergunta Rilke em outra carta. A correspondência de Rilke é, ela mesma, uma resposta à desalentadora natureza da vida e de suas dificuldades.

> Quanto mais vivo, tanto mais necessário me parece suportar e escrever todo o ditado da existência até o fim; pois pode ser o caso de apenas a última sentença conter essa pequena, talvez singela palavra pela qual tudo que aprendemos a duras penas e tudo que não compreendemos será subitamente transformado num sentido magnífico.

Para transcrever "todo o ditado da existência", Rilke torna inteligível para si mesmo o que parecia incompreensível, enigmático, inassimilável. Ele faz um esforço tenaz em apreender cada coisinha derradeira sem decidir de antemão seu significado fundamental, entre o que pode importar e o que pode deixar não mais que uma nódoa no grande rolo de pergaminho do ser. A disposição para "suportar" também significa pôr de lado suas preferências e necessidades, capturando sua experiência em palavras que ressoarão cada vez mais à medida que sumirem as distrações.

Até o presente momento, esse testemunho se limitou à obra poética de Rilke; a seu único romance, *Os cadernos de Malte Laurids Brigge*; e a uma fração publicada de sua correspondência. Uma parte de sua poesia granjeou a Rilke a reputação de difícil poeta da transcendência. Mas já em *O livro das horas*, de 1903, Rilke é um herético espantosamente direto. Se um poema como "A minha vida eu a vivo em círculos crescentes/ Giro à volta de Deus, a torre primeva" ainda parece teocêntrico, o caráter ímpio da crença de Rilke, completamente auto-esculpida e arduamente conquistada, torna-se patente nestas linhas da mesma coletânea: "Deus, o que farás quando eu morrer?/ Comigo perdes teu significado". Rilke acreditava que podemos obter acesso a algo além de nós mesmos *dentro* e *através de* nós e não tentando alcançar um poder superior que suplanta e, assim, em última análise, minimiza nosso próprio potencial – do mesmo modo que uma flecha na corda retesada do arco é "*mais* do que ela mesma no instante anterior ao vôo" ou que "o amor não é outra coisa senão o apelo urgente e venturoso ao outro para que seja belo, abundante, grande, intenso, inesquecível: nada senão o transbordante compromisso de que o outro se torne alguma coisa".

A imagem de Rilke como um poeta da transcendência é um mal-entendido tanto quanto o são os clichês de Rilke o curandeiro; o escriba auto-indulgente da solidão; o santo padroeiro da angústia adolescente; o poeta seráfico, frágil, esmagado pelo mundo. O "ditado" mais abrangente da existência de Rilke, no qual ele podia descobrir essa "pequena e singela" palavra que subitamente transformará tudo em "sentido magnificente", como ele o formula, ocorre em sua correspondência. Essas cartas apresentam a sabedoria de Rilke sem a pátina de erudição que cobriu seus versos ao longo dos anos ou sem as anedotas que a revestiram com fofocas biográficas. Essas cartas cintilam com intuição e originalidade, produzem viradas de pensamento totalmente inesperadas e conversam conosco: elas são tudo menos monumentais. Abalam a imagem pública ossificada de Rilke como um autor algo altivo, pseudo-aristocrático de versos inspirados. E, como muitas delas vieram a público apenas recentemente e muito tempo após a morte dos destinatários, elas chegam a nós, em grande medida, como seus primeiros, reais leitores.

Com freqüência, Rilke se sentia retido nas "aulas de sofrimento da vida", tal qual um aluno repetente. Embora tivesse abandonado a academia militar, Rilke continuou sendo um estudante disciplinado até mesmo na vida, e, quando ameaçado de ser reprovado nas "aulas de sofrimento", ele se punha a decifrar e estudar as lições difíceis novamente. Com tal propósito, escrevia cada "tarefa" que a vida lhe passava para não perder nada da próxima vez – daí algumas das reclamações notoriamente autopiedosas de Rilke, mas também sua incansável energia em retornar a questões particulares de nossa existência a fim de encontrar com cada nova sentença uma maneira mais precisa de abordar o que permanece sem resposta. Muito da força de Rilke como epistológrafo reside em sua maneira particular de fundir pensamentos metafísicos com imagens inteiramente imediatas. É verdad que um bom número dessas espantosas contrações do mundano e do transcendental numa única imagem impressionante resulta de uma inspiração repentina. Muitos dos grandes poemas de Rilke são concebidos em caminhadas e rascunhados fora de casa; a oitava e a nona das *Elegias de Duíno* – escreveu Rilke para um amigo – foram completadas quando voltava do correio, onde tinha acabado de postar o telegrama da "vitória" anunciando a finalização dos primeiros sete poemas do ciclo. Mas as imagens tocantes que tão subitamente capturavam sua imaginação tinham germinado, muitas vezes, como uma frase ou imagem numa carta. Mediante esse infindável processo de tornar inteligível para si mesmo esta vida com suas aflições e vantagens, com decisões egoístas e momentos de generosidade ilimitada, Rilke começa a explicar a vida para nós.

Sentado junto à alta escrivaninha feita sob encomenda, Rilke diligentemente reescrevia páginas inteiras de suas cartas se houvesse algo como um erro ortográfico ou uma manchinha de tinta numa página, e recomeçava sempre que seu curso de pensamentos era interrompido e ele ficava insatisfeito com o resultado. Mas esse perfeccionismo epistolar não atrapalha a acessibilidade de cada carta, nem atenua sua beleza aparentemente sem esforço. Mesmo quando escrevia dúzias de cartas num só dia, jamais encontramos duas descrições iguais de um mesmo evento; para cada correspondente, Rilke variava sua linguagem para se aproximar da honestidade, da precisão e da exatidão emocional que ele valorizava acima de tudo em seu trabalho. Pouco mais de um ano antes de sua morte num sanatório suíço, Rilke estipulou, em outubro de 1925, que suas cartas poderiam ser publicadas "porque há vários anos tornei um hábito canalizar ocasionalmente em cartas uma parte da produtividade de minha natureza". Nas cartas aqui selecionadas, Rilke afila seu poder de expressão e aos poucos atinge a acuidade e a economia que caracterizam sua poesia. Levar adiante tal correspondência espantosamente vasta constituía para Rilke "a ascensão a um estado de reflexão consciente" e a um "recobrar dos sentidos" como poeta. As cartas são a oficina, o laboratório e o espaço de ensaio de Rilke, em que ele desenvolve seu particular dom de utilizar a língua alemã para expressar questões de tremenda gravidade – o sofrimento e a alegria prometidos pela vida – sem se tornar abstrato, empolado ou acadêmico.

Em muitas cartas, Rilke cria frases, pensamentos e descrições que mais tarde entram num poema. A experiência de ouvir um pio de ave com tal imediatez que parecia ressoar *dentro* dele uma noite de inverno em Capri encontra expressão em várias cartas antes de entrar em dois poemas posteriores e numa peça de prosa em 1913 (e de ser citada por Robert Downey Jr. e Marisa Tomei, com bom efeito, na comédia romântica *Only You*). Em outra carta escrita em 15 de dezembro de 1906, Rilke declara sua ambição de poder descrever uma rosa e, em seguida, suavemente desenrola uma rosa amarela ao longo de duas páginas, pétala por pétala, palavra por palavra, pálpebra por pálpebra: uma tradução em prosa da flor predileta de Rilke, a qual, sem dúvida, preparou o solo para várias séries de poemas sobre rosas escritos entre 1915 e 1921 e, finalmente, para o epitáfio escrito em 1925 para sua própria lápide (a última linha joga com a palavra alemã *Lied*, que pode soar tanto como *canção* quanto como *pálpebra*; a palavra para "pura" [*reiner*] na primeira linha é um homônimo de seu nome): "Rosa, ó pura [*reiner*] contradição/ prazer de ser o sono de ninguém/ sob tantas pálpebras [*Lidern*]".

Freqüentemente, porém, como se essas descrições tivessem servido apenas para sacudir a imaginação de Rilke, ele não abandona a carta por um poema, mas avança para o tipo de parágrafo coerente em que um pensamento adquire pertinência para leitores além dos destinatários. Mas, como se originam nos diálogos epistolares de Rilke em que ele fala sobre suas experiências, esses parágrafos continuam fundamentados na vida diária, e a consciência de Rilke a respeito dos destinatários impede que a prosa se torne abstrata ou extremamente geral, o que a faria perder sua urgência pessoal. Como que sinalizando inconscientemente a maior pertinência dessas seções, Rilke raramente usa "eu" e quase nunca se dirige direto a seu receptor quando embarca numa reflexão de maior vulto ou procura formular conselhos mais cuidadosamente; o tom se desliga da intimidade de uma carta pessoal, mas envolve o outro numa linguagem que não é nem afetadamente artificial nem altiva.

Nas cartas, Rilke atinge o que seus princípios estéticos também ordenam para a verdadeira arte: todas as coisas e experiências podem lhe falar de seu lugar apropriado no mundo, e não apenas como são aí emolduradas e dotadas de sentido por ele. Assim como investe sua poesia do poder de entrelaçar assuntos cotidianos e idéias transcendentes, Rilke escreve numa carta que a essência da verdadeira ajuda, por exemplo, poderia consistir num modesto pedaço de barbante oferecido no momento certo, quando ele é de fato necessário. Esse pequeno pedaço de barbante não poderia ser "menos útil em poupar nossas forças" do que o mais elaborado e duradouro auxílio. Para Rilke, tanto seu credo artístico quanto sua mais fundamental intuição sobre como viver a vida exigem uma visão de mundo totalmente inclusiva.

O firme compromisso de festejar a vida em todas as suas manifestações atravessa a obra de Rilke. Esse desejo é anunciado já no título de um de seus primeiros livros de poesia, *Para festejar-me* (1899). Ele difere radicalmente da disposição para ir de qualquer maneira ao fundo da vida que caracterizava poetas como Baudelaire, Verlaine e Rimbaud, contra os quais o jovem Rilke se definia. O que lhe importava não era observar e comentar a vida, descrevendo-a como que de fora, ou derrubá-la ao chão e dominá-la com a ajuda de entorpecentes e provocação. Na visão de Rilke, a tarefa do escritor consistia em juntar sua voz aos sons da agonia, do sofrimento, do êxtase e do júbilo, como também aos diálogos cotidianos entre os indivíduos e aos monólogos interiores de todos nós.

As descrições de lugares, pessoas e objetos levadas a cabo por Rilke atingem uma simplicidade e uma precisão analítica que ele não encontrou em nenhuma parte nas culturas européias eruditas de que ele fazia parte. Ao aguçar sua receptividade, atenção e concentração, ele evita os atalhos da opinião recebida. No entanto, em vez de se acorrentar a uma ética de trabalho rígida, Rilke procurou levar todas as suas experiências, incluindo períodos improdutivos de "infertilidade" e "ociosidade", a um único estado de espírito ininterrupto. Como todos os grandes escritores, ele cria a partir de uma rudimentar consciência da inadequação de todas as explicações disponíveis do mundo, mas não permite a essa frustração tornar-se o foco de sua investigação e, assim, abafar o mundo uma segunda vez. Nada que Rilke lia fazia sua vida ter sentido o suficiente para ele. Em conseqüência, escreveu um guia para a vida.

> Escreveu-se tanto (bem e mal) sobre todas as coisas, que elas mesmas já não têm nenhuma opinião, mas aparecem apenas como pontos de confluência imaginários de certas teorias espirituosas. Quem quer dizer algo sobre elas fala, na realidade, apenas das visões que seus predecessores tiveram dessa matéria e se perde num espírito semipolêmico que está em exata oposição ao espírito produtivo-ingênuo com que cada objeto deseja ser compreendido.

Desse modo, além de servir como oficina para sua poesia, as cartas de Rilke reivindicam uma perspectiva sobre o mundo a qual rompe com as tradições de conhecimento a ele transmitidas. Como espera em sua correspondência alcançar leitores de perspectivas e formações variadas, Rilke muitas vezes inventa maneiras diversas de expressar pensamentos semelhantes ou até mesmo idênticos. Para ser ouvido por seus correspondentes, Rilke abandona modos estabelecidos de dizer as coisas e, nesse processo, aprofunda e freqüentemente expande suas próprias intuições e sua linguagem. Algumas passagens nas cartas de Rilke são tão vibrantes, criativas e retoricamente animadas porque nelas o autor se surpreendia com uma descoberta que não poderia ter sido planejada.

> Sempre que a filosofia de um indivíduo se desenvolve num sistema, tenho a sensação quase deprimente de uma limitação, de um esforço deliberado. Tento encontrar o ser humano cada vez *nesse* ponto em que a riqueza de suas experiências ainda se realiza de muitas maneiras díspares e distintas, sem coerência e sem ser reduzida pelas limitações e concessões que as ordens sistemáticas, em última análise, exigem.

A disposição de Rilke para reconhecer todas as facetas da existência e da experiência, sem contar com nenhuma estrutura metateórica, como a fornecida pela teologia ou pelas humanidades, resulta num foco duplo. Num plano, há sua busca incessante mas paciente para determinar o que nos permite assumir que a vida possa ter um sentido além de nossa mera existência material. E, como um tema contrapontístico, há sua dedicação igualmente diligente para explicar a unicidade irredutível da existência e, assim, também explicar com precisão os aspectos físicos e materiais de nosso ser no mundo. Rilke estava em sintonia com duas melodias distintas (uma metáfora que ele apreciava para a poesia): uma que era uma linha de baixo cósmica sublinhando toda a criação; a outra, uma melodia que consiste nas conversas das pessoas cotidianas em situações comuns. Nessas cartas, ele consegue realizar harmonias raras compostas dessas duas linhas bastante diferentes: pode ser tagarela e transcendente na mesma frase, ao mesmo tempo cheio de sabedoria profunda e ironia sutil num único parágrafo.

O cerne das cartas de Rilke são suas reflexões sobre amor e morte (o coração, é claro, sendo uma das metáforas essenciais e um dos interesses literais de Rilke: mais do que outros poetas, Rilke sentia que a linguagem rimada nos liga de maneiras fundamentais com o biorritmo do pulmão e do coração). Amor e morte, é evidente, são também os grandes temas da poesia de Rilke. Em seu romance *Os cadernos de Malte Laurids Brigge*, concluído após sua primeira longa estada em Paris em 1908 e destinado a registrar a experiência de sobrevivência naquela cidade desorientadora, alienante e contudo abundantemente viva, o narrador começa com a observação espantosamente factual de que "as pessoas vêm aqui para morrer". (Não menos espantoso para um livro de reflexões tão profundas sobre a morte e a perda da inocência na modernidade é o fato de que a primeira anotação escrita em 1907 é assinalada, numa sinistra coincidência às vezes criada pela literatura, "11 de setembro, Rue Toullier.") O livro termina recontando a parábola bíblica do filho pródigo que rejeita o amor convencional por um tipo de esforço infinito do coração incapaz de conhecer qualquer meta, objeto, fim. Na versão de Rilke, o projeto do filho pródigo torna-se amar sem um objeto – amar pelo amor. Transcender o ego não significa, para Rilke, entrar numa espiral de dúvida radical em relação a si mesmo e de ceticismo filosófico ou abrir as comportas do desejo inconsciente e da irracionalidade. Significa ser arrebatado pelo movimento do coração (ou da alma, como queira, ou pelos níveis de serotonina) sem jamais atingir um estado em que esse movimento perderá seu propósito e desejo ao ser realizado. Nas *Elegias*, tal pensamento é expresso num tom que mescla urgência e terrenidade. Às vezes, no entanto, a vida é por si só urgente o bastante, e talvez não precisemos de mais intensidade. Ao contrário, o que muitos de nós queremos é o que Rilke, numa carta de 10 de fevereiro de 1922, chama de "espaço para o espírito respirar". É aqui que as cartas entram em cena. Elas exprimem em imagens admiráveis mas acessíveis a convicção de Rilke de que "nosso coração sempre nos excede" (segunda "Elegia de Duíno") e nos dão precisamente esse "espaço para o espírito respirar" com uma paciência, atenção e quase serenidade que condizem com um diálogo entre indivíduos que têm confiança e esperança um no outro, mas não estão sobrecarregados com demasiada intimidade (ou bagagem emocional, como podemos dizer hoje).

Essas cartas também nos apresentam metáforas agradavelmente não-rilkeanas. Ao descrever um retorno decepcionante a sua cidade natal, Praga, em 1911, Rilke se refere a si mesmo como um "rojão que foi parar nos arbustos, soprando e bufando mas para o deleite de ninguém". Além de "Rilke, o rojão", há Rilke – em suas próprias palavras – "a triste e repugnante lagarta", "a crisálida em seu casulo", "a árvore no inverno sem uma única folha-palavra", "a montanha surda, a rocha silenciosa", "a chapa fotográfica que ficou exposta por tempo demais", "o aluno da vida que fica uma série para trás por ser reprovado em suas disciplinas". Todas essas autodescrições meio brincalhonas permitem a Rilke compartilhar sabedoria sem ao mesmo tempo ser moralizante ou profético, mas ainda profundamente poético: não importa o tema que esteja discutindo, o poeta se revela nessas passagens como um sábio da imanência.

A estética de Rilke

A obra de Rilke constitui um ponto crucial e uma anomalia na tradição da poesia moderna. Ele é, a um só tempo, um formalista engajado, um mestre das mais intricadas rimas adaptadas às formas poéticas tradicionais e, no entanto, alguém que responde explicitamente às realidades sociais de alienação numa sociedade de massa consumista. Grande parte da reputação e influência de Rilke, em especial entre poetas posteriores, reside em seu formalismo. Este é quase sempre associado aos *Novos poemas*, em que se vêem as rigorosas descrições poéticas de animais, pinturas, objetos inanimados e indivíduos que ele observou em museus, durante visitas a zoológicos e em Paris. A força desconcertante da poesia de Rilke resulta, contudo, do modo como essa reflexão artificial e conscientemente formal sobre a representação apropriada, digamos, de flamingos torna-se uma consideração de como olhar para nossa vida e, em última análise, de como vivê-la. "Um bando de flamingos", pode-se perguntar, "dando lições de vida?" É precisamente este o ponto: quase todos nós temos uma relação bastante tênue com flamingos, em geral oriunda de visitas ao zoológico, onde eles recebem uma dieta especial para evitar que sua plumagem clara perca o tom rosado. Mas Rilke nos mostra que nem nossa frágil conexão com essas aves nem seu peculiar estatuto ornamental e de aparência algo artificial no cativeiro devem nos fazer rejeitá-los como alguma coisa menos significante do que uma mulher perdendo a visão, ou lavando um cadáver, ou do que a natureza do amor (todos os outros temas em *Novos poemas*). Para Rilke, o tema de um poema é apenas um "pretexto". Os *aperçus* rilkeanos têm a função ambiciosa e presumivelmente pré-política, ou ética, de recuperar o que, no momento em que o percebemos, já foi marginalizado, domesticado ou apropriado pela convenção (por desdém, diversão, consumo). Rilke insiste em que até mesmo a menor coisa ou a mais banal pode merecer nossa total atenção. Mas o recurso a um pretexto não é exclusividade da arte. As palavras de Rilke não dizem respeito apenas a aspirantes a poetas e admiradores. Em algum momento, todos nós buscamos uma folga da natureza assoberbante e dos desafios da existência voltando-nos para os "pretextos da vida", que Rilke identificou como o esforço necessário de nomear e definir as coisas, de abordar as pessoas com o suporte de títulos e nomes; de jogar os jogos que nos premiam com reconhecimento, dinheiro e até momentos de felicidade; ou de decompor e definir nossas experiências como prazer, dor ou alegria. Nós, com freqüência, decidimos antecipadamente como responderemos a algo, em vez de esperar que a experiência se desenrole de acordo com sua própria velocidade.

É verdade que, às vezes, até mesmo a felicidade deve servir de pretexto para nos iniciar naquilo que, por sua própria natureza, nos supera.

O que "nos supera por sua própria natureza" é essa dimensão da vida em que Rilke deseja permanecer, antes de se sentir feliz ou triste a seu respeito, antes de construir sistemas filosóficos ou ideologias sobre ela, antes de compor um poema sobre ela. Ele, no entanto, deseja permanecer nessa dimensão não para difamar a vida e seus muitos pretextos e os jogos que jogamos, mas para lembrar que, em qualquer momento, nós e esses pretextos podemos ser superados por nosso ser. Seu propósito é nos alertar para aquilo em que já fomos iniciados, mas que tendemos a desprezar ou esquecer. O guia *para* a vida é também um lembrete *da* vida.

O celebrado refinamento formal de Rilke, que logo se funde com a imagem publicamente conhecida da criatura elegante, impecavelmente vestida e irrepreensivelmente educada de sua própria mitologização, não é um desviar-se da urgência existencial, mas uma maneira de se aproximar do que é muito grande para ser abordado de frente. Cada palavra sobre o branco penugento ou o matiz rosado em "Os flamingos" é tão precisamente destinado a exprimir essa riqueza da existência quanto as vultosas contemplações em suas cartas sobre a natureza da morte, os êxtases do amor ou a fundamental inocência do desejo sexual. Cada rima intricadamente cinzelada se junta, como que sem esforço, ao grande rugido da existência, como o fazem as ternas frases de condolência, profundamente comoventes em sua correspondência. Para Rilke, não é só um erro considerar um aspecto da vida mais importante do que outro ou elevar nossas lembranças de infância ou os sinais de mortalidade acima, digamos, da experiência que podemos ter ao encontrar flamingos, um cão perdido ou uma hortênsia: é uma evasão. Celebrar Rilke apenas pelo refinamento de sua linguagem é fixar-se nos meios de sua poesia à custa de seus fins – é perder sua exortação a que estejamos abertos à realidade em todas as suas manifestações.

O interesse das cartas de Rilke reside em sua disposição para explicar as coisas que entram em seu caminho sem apenas dominá-las no âmbito formal e, em vez disso, em adaptar de modo contínuo suas intuições a essa vida que só seria representada com confiança depois de fundamentalmente compreendida. As cartas de Rilke, em que podia experimentar sua linguagem para além de seu talento como poeta, são a razão de suas realizações últimas serem muito maiores do que qualquer coisa que alguém poderia ter predito com base em seus primeiros volumes de versos. Ele abandonou a segurança do "ganho confiável" e assumiu o risco de desenvolver sua própria linguagem, mesmo sabendo que poderia ter continuado a escrever boa poesia da mesma maneira pela qual já tinha recebido honras. O dom que Rilke cultivou não foi a habilidade de extrair musicalidade de toda a linguagem, de produzir rimas estonteantes e imagens espantosamente imediatas para pensamentos abstratos. Em vez disso, foi sua perícia em receber e processar a realidade de novo, a cada dia, sem repousar na certeza de seu talento, e em escrever sem o duplo cinturão de segurança da rima e da estrutura formal.

A força das cartas de Rilke resulta de sua consciência de que sua vida e seu "mundo", num sentido profundo, o ultrapassavam e o excediam. É isso que constitui a riqueza da vida para todos nós; é também o que pode torná-la difícil. A razão pela qual o mundo "nos ultrapassa" é que fazemos escolhas e formamos intenções que são simplesmente varridas pelo que acontece; recorremos a nomes e títulos e buscamos felicidade, mas todas essas formas de refúgio podem se revelar transitórias. Nossos modos de compartimentar o mundo e o fato de não vermos com equanimidade cada um de seus aspectos sem preferência, julgamento ou distração, escreve Rilke em 5 de janeiro de 1921, "mostram que estamos errados, nos tornam culpados, nos matam". Todavia, esse medo de uma morte gradual devida ao fato de não sermos atenciosos – realmente uma morte da imaginação – nos lembra de que, na verdade, não se trata de dominar ou subjugar a vida, mas de vivê-la. A noção de Rilke de "culpabilidade" permite-lhe formular uma visão da vida que é mais integrada do que a maneira como ele de fato vivia; a força de suas palavras resulta da tensão entre essa ênfase na aceitação e suas preferências igualmente fortes em relação ao mundo à sua volta.

Atenção em Rilke

Indiscutivelmente, em sua vida Rilke preferia aceitar os aspectos da realidade acompanhados de serviço de quarto e de uma vista agradável. Ah!, os detalhes biográficos são difíceis de ignorar. A tensão entre a convicção inabalável de Rilke em sua "tarefa" – heroicamente compartilhada por seu editor estável, generoso e por patronos magnânimos – e suas doenças freqüentes, problemas financeiros e tristeza contribui para uma biografia irresistível. Mas a imagem do poeta sobrepujado pela existência, que encontrará numa morte estóica "a serenidade negada a ele na vida", não é apenas cheia de *pathos*; é também uma distorção, pois negligencia o fato de que Rilke escreveu durante todos os períodos difíceis da vida, e muitas vezes usando-os como fonte direta.

Também podemos desmascarar aqui a versão de Rilke, o curandeiro. A obra do autor foi lida como uma defesa contra a fragilidade da vida sob condições modernas. Mas quando, em 1908, sua mulher lhe enviou uma cópia de *Palavras de Buda Gautama*, traduzido do páli pelo eminente indólogo alemão Karl Eugen Neumann, Rilke não o leu. Rapidamente transformado em best-seller, o livro serviria para introduzir gerações de leitores, alguns preparados pela filosofia de Arthur Schopenhauer, no pensamento espiritual oriental. Thomas Mann adorava sua edição em três volumes e a carregava em toda viagem transatlântica; Edmund Husserl inspirou-se a escrever um ensaio sobre o livro de Neumann, e Hermann Hesse recorreu a ele para grande parte de sua obra. Rilke agradece à mulher por enviar o exemplar, mas explica que não será capaz de lê-lo. "Abri [o livro] e já nas primeiras palavras um calafrio me engolfou... [P]or que surge em mim esse gesto estranho de hesitação que é tão hostil a você? Talvez eu reaja assim em benefício de Malte Laurids [o herói do romance de Rilke] que já adiei por um tempo." O livro de Buda é fechado e esquecido – ou, se preferir, reprimido – após o calafrio inicial. Rilke então delineia sua crença de que precisa defender seus próprios projetos contra todos os que disputam sua atenção (entre os quais, é preciso dizer, se inclui sua mulher). Mas, quando escreve que "um calafrio o engolfou" ao abrir o livro, trata-se também de um sinistro calafrio de reconhecimento. Rilke sabe que seu projeto não é senão escrever seu próprio livro de Buda; o encontro abortado com as palavras de Gautama Buda provoca outra rodada de cartas, nas quais desenvolve, em sua própria linguagem, todos os temas e os termos para seu trabalho iminente. Ao desenvolver sua própria compreensão da vida, em vez de adotar um distante sistema de crença, Rilke se desvia das palavras de Buda em direção a sua própria obra e, em última análise, se aproxima dos princípios quase-budistas mais do que seus colegas escritores Mann, Husserl e Hesse, que ajudaram a popularizar filosofias orientais no Ocidente.

 Três anos antes desse encontro com as palavras de Buda, Rilke vivera por um tempo numa pequena casa na propriedade do escultor Auguste Rodin, em Meudon, próximo de Paris. Cercado pelas obras do grande artista, observava a prática diária do homem que traduzia seu ideal de artista puro. Olhando por sua janela, Rilke via a imponente escultura *Buda deitado* de Rodin. "Depois do jantar, volto bem cedo para minha pequena casa, onde estou às 8h30 no máximo. Então, eis à minha frente a grande noite florescente repleta de estrelas, e abaixo, diante da janela, o caminho de seixos segue em direção a uma pequena colina, onde, em fanático mutismo, se encontra a figura de um Buda, distribuindo a inexprimível unidade de seu gesto sob todos os céus do dia e da noite em silente reserva. 'C'est le centre du monde', eu disse a Rodin." Excepcionalmente feliz durante essa estada no mundo de Rodin, Rilke se reconhece na figura de Buda. Em vez de permanecer em "fanático mutismo", porém, extrai dessa "silente reserva" a força para exprimir a "inexprimível unidade" da morte e da vida, do céu e da terra, dele mesmo e do outro *em suas próprias palavras.*

Essa maneira de comunicar a partir do âmago do ser, sem abandoná-lo ou se desviar dele, mas mantendo-o em "silente reserva", é o cerne da correspondência de Rilke. O autor pode tanto permanecer ele mesmo quanto doar-se para os outros. Em sua poesia, procura atingir o equilíbrio perfeito entre a interioridade de dado objeto e a consciência necessariamente externa do poeta e do leitor. O processo muitas vezes implica uma série de complexas inversões retóricas que obscurecem e, em última análise, apagam qualquer ponto de partida possível, com o efeito de que o poema parece começar ao mesmo tempo estritamente dentro de suas próprias imagens, mas também numa realidade que ele procura representar. Nas cartas, no entanto, essa troca complexa se mostra natural e é seguida pelo leitor com facilidade: Rilke pode expandir-se e, contudo, recolher-se, e a privacidade obtida dá origem à mais profunda intimidade.

Em 1908, Rilke inclui um total de três poemas sobre Buda em *Novos poemas*. Experimentais, examinam a fé de Rilke em sua capacidade de entrar por completo num objeto e apreender sua posição e verdadeira importância, em vez de apenas narrar uma resposta emocional ao objeto. Mas Rilke não aceitaria outro professor. Seu "Buda em glória" é o poema final em *Novos poemas*. Ele começa com "Centro de todos os centros, cerne dos cernes" e termina "Mas em ti já começou/ o que dura além dos sóis".

Na corporificação de uma "inexprimível unidade" – para Rilke, a apoteose da obra de arte –, há uma magnificência que excede essa unidade. Completar a glória de Buda é uma tarefa que Rilke se pôs a realizar em sua poesia; suas cartas são testemunho dessa tentativa. Por isso agradeceu a sua mulher pelas *Palavras de Gautama Buda*, imediatamente fechou o livro e continuou a escrever seu próprio guia para a vida, que não pode se reduzir aos ensinamentos, imagem ou texto de outra pessoa.

Rodin não demorou como professor de Rilke e acabou mostrando ao ambicioso e carente poeta a porta de saída em vez do caminho para a iluminação. Muitos dos *Novos poemas* foram escritos porque Rodin enviara o jovem poeta ao zoológico, a fim de que observasse os animais durante horas, ausentando-se do ateliê do escultor, que precisava trabalhar por um tempo sem ser observado. No fim, Rodin demitiu Rilke abruptamente da tarefa de assistente por causa de um mal-entendido. (Rilke tinha assinado seu nome numa carta endereçada a um dos compradores de Rodin de quem se tornara amigo; o escultor, equivocadamente, supôs que Rilke estivesse abusando de seu papel de secretário para criar suas próprias conexões.) Rilke não se abalou com a demissão e na manhã seguinte escreveu uma carta extraordinária a Rodin, em que profetizava – corretamente – que os dois retomariam a amizade. Na breve carta, dizia que, embora os motivos para a demissão fossem dolorosos e equivocados, Rodin tinha agido certo. Ao afastar a pessoa que provou ser uma distração momentânea do "trabalho", sem querer, libertara Rilke de sua tácita dependência do mestre. Precisamente porque foi dolorosa e decepcionante, Rilke foi incitado a levar a sério o rompimento e a reconhecê-lo como um desafio para se tornar um artista por mérito próprio.

Rilke se desiludiu uma segunda vez quando Rodin – aos olhos do poeta – perdeu a dignidade ao se apaixonar tardiamente por uma admiradora muito mais jovem. Mesmo que Rodin tenha afinal desapontado Rilke, ele, no entanto, deflagrou no poeta um desejo urgente de descobrir o que significa se comprometer com uma busca significativa. Rodin constituiu para Rilke o que Schopenhauer tinha sido para Nietzsche e o que Rilke se tornou para muitos: a imprevista ocasião de, pela vida ou texto alheios, "voltar a si do atordoamento em que o indivíduo geralmente perambula como em meio a um nevoeiro escuro", como Nietzsche formulou em 1874, cerca de trinta anos antes de Rilke conhecer Rodin. Como Nietzsche, que abandonou Schopenhauer quando reconheceu que encarar a si mesmo era o verdadeiro desafio, Rilke também se voltou para seu interior depois de sua estada com Rodin.

W. H. Auden não foi o único a zombar do culto da solidão levado a cabo por Rilke. Mas Rilke não tratava as recompensas da solidão como fetiche. Quando descreve seu retiro para dentro de si a fim de seguir caminhos por ele desconhecidos, não traz apenas notícias agradáveis. O que ele faz, no entanto, é explicar a psique humana de maneiras quase incomparáveis na história das idéias. De modo fundamental, todas essas descrições e análises desenham uma saída do Rilke pessoa, biografia, homem, rumo àquilo "que dura além dos sóis", como ele descreve em "Buda em glória". Não é o nirvana – vimos que Rilke jamais leu o livro sobre Buda, desprezava a religião organizada e procurava com rigor desenvolver seus próprios termos para aquilo de que intencionava dar testemunho: a vida em toda a sua glória, magnificência, abundância e puro horror e também a busca incerta e inconstante por ela. Anote cada palavra do "ditado da existência", sem pular nem mesmo o mais ínfimo "e" ou "mas", adverte Rilke a si mesmo – o que significa que em nossa busca real por sentido, contanto que transcrevamos diligentemente cada passo nesse caminho, talvez já possa existir a chave para descobrir nosso ser. Esse "sentido da vida" é revelado já diante de nossos olhos e não será suprido de alguma outra parte.

Para Rilke, a anonímia da existência cotidiana era uma dolorosa contração do mundo de um indivíduo. Quanto mais atarefada for a vida cotidiana de uma pessoa, e quanto mais "rica" essa vida possa parecer, tanto menos provável será que ela se sinta à vontade consigo mesma. E sem estar à vontade consigo, até mesmo o mais generoso indivíduo defraudará todos ao redor. Quando uma grande amiga lamenta a própria fraqueza em lidar com uma série de desafios pessoais, Rilke lhe aconselha com espantosa acuidade psicológica e uma típica dose de humildade:

> Você está errada em se considerar "fraca"... Você tem essa impressão porque está sempre atarefadíssima e todo dia se encontra preparada para acomodar as centenas de coisas que sua vida lhe dá e retira, sem que nada realmente permaneça aí. Isso provavelmente não pode ser alterado. Mas o que pode ser alterado é, talvez, a constituição em que você executa essas coisas (agora me sinto incrivelmente imodesto e pomposo escrevendo isso, eu que mal sei dar meio passo que seja em qualquer direção...). Muitas vezes me vi alarmado com o fato de que até mesmo alguma coisa que *é* nossa mais séria preocupação poderia assumir a forma de uma distração – como eu deveria dizê-lo: porque ela assume seu lugar em alinhamento com todas as outras distrações temendo, de outro modo, nem chegar a ter sua vez... Eu sei que há momentos em que é basicamente uma salvação considerar tudo uma distração, mas são exceções, períodos breves, convalescenças.

Quando a vida é encarada como uma distração, ela estranhamente se torna menos do que poderia ser. O que é importante será, então, disfarçado de algo divertido, engraçado e agradável para conquistar nossa atenção. Em essência, a vida requer nossa rendição à sua "velocidade" se quisermos tomar parte no que ela pode oferecer. Num gesto típico, Rilke assinala que essa atitude em relação à vida pode exigir exceções e que ele, por exemplo, não a alcançou. Mas inserida nesse aparte semi-irônico poderia estar a segunda lição: não há nenhuma atitude permanente que possamos assumir na vida. Jamais teremos certeza a respeito do próximo passo quando nos permitirmos responder à vida segundo sua própria velocidade, sem decidirmos de antemão quão rápido ou devagar queremos dar esse passo. Isso não difere da compreensão de Rilke sobre como a poesia deve se aproximar de cada tema segundo seus próprios termos e atingir um estado em que as "velocidades" do tema e do poeta coincidem. Só então pode ficar evidente qual poderia ser a importância de um dado objeto, pessoa ou lugar em nossa vida.

Isso é, portanto, não uma filosofia da autoconfiança, nem a advertência "confia em ti mesmo", mas significa dar boas-vindas aos modos pelos quais podemos nos surpreender a nós mesmos e aprender a nos relacionarmos conosco – e a nos soltarmos de nós mesmos – numa mentalidade menos possessiva.

A recepção de Rilke

Sem dúvida, Rilke foi reconhecido ainda em vida como um grande poeta. Recebeu bolsas do governo austríaco, contou com grupos de doadores, e alguns de seus livros venderam relativamente bem. Por causa de sua crescente necessidade de anonimato, Rilke adotou o hábito de recusar honras e prêmios oficiais. Mas, por fazer soar uma nota nova na poesia, que penetrou até mesmo nos leitores embriagados pelas excitações estridentes dos versos, da prosa e do teatro expressionistas que explodiam em toda a Europa nessa época, também houve resistência. Já na década de 1920, os leitores de Rilke eram chamados pejorativamente de meninas e velhas solteironas. Rilke jamais lia críticas de sua obra. "O que não significa", ele esclareceu, "que não extraí alegria ou vantagem do calor de uma concordância ocasional, ou mesmo da discordância de alguém sobre meus objetivos artísticos expressa numa conversa íntima. Tais influências têm origem na vida – e jamais considerei resistir a elas." Rilke quebrou seu voto de silêncio apenas uma vez, a respeito de uma insinuação de que havia traído a língua alemã quando publicou um ciclo de poemas em francês em 1925. Ele repeliu a acusação como infundada porque "a língua alemã não me havia sido dada como algo estranho; ela exerce seu efeito a partir de mim, fala a partir de minha essência". O pano de fundo desse ataque a Rilke era a ocupação da região industrial alemã do vale do Ruhr pelas tropas francesas no pós-guerra para impedir o rearmamento da Alemanha, o que causou profunda indignação em muitos alemães e acabou tendo conseqüências políticas desastrosas. A poesia de Rilke, permeada de crisântemos e unicórnios e escrita por um cidadão da antiga monarquia austro-húngara nascido em Praga, tornara-se o pára-raios para as ansiedades nacionalistas alemãs antifrancesas.

 A obra de Rilke obscureceu-se pela segunda vez após 1968, quando uma nova guarda de professores da Alemanha rejeitou o que considerava o culto apolítico da *Innerlichkeit*, ou interioridade, por parte de Rilke. A revolução não devia ocorrer de dentro para fora, argumentavam esses reformadores do sistema universitário alemão; e, quando os radicais tomaram posse de seus cargos, Rilke tinha sido praticamente excluído das listas de leituras acadêmicas. O fato nada surpreendente, no entanto, é que a poesia de Rilke sobreviveu fora dos muros da universidade. Quando a nova geração de estudiosos percebeu que as revoluções – às quais Rilke, em princípio, não se opunha – são questões não apenas do intelecto, mas também do corpo e do coração, eles descobriram que Rilke continuara a ser lido pelos alunos para quem eles tinham lecionado. Todavia, defesas recentes de Rilke como um pensador político – tal como um (apesar de tudo) bem-intencionado volume de 600 páginas de suas "cartas sobre política" publicado na Alemanha – erram igualmente o alvo, ao tentar politizar um poeta que nutria altas suspeitas sobre a distinção estrita entre o pessoal e o político. Rilke resiste a suas próprias contradições, e mesmo as observações menos apropriadas a nossos gostos e a nossa época não diminuem nem aumentam o que ele escreve em outras passagens.

Por meio de celebração e de censura, tem-se empreendido esforços no sentido de conferir a Rilke um estado fixo de desenvolvimento poético e delimitar seu alcance mediante aclamação crítica e renome público. As cartas explodem essas classificações; elas até mesmo destroem "a soma de todos os mal-entendidos que se reúnem em torno de um nome", como Rilke definiu a natureza da fama.

Traduzir Rilke[1]

Entre as cartas mais intensas estão aquelas em que Rilke expressa condolência. Com efeito, a idéia deste livro nasceu quando percebi que não conseguia encontrar as palavras certas nem o poema

---

[1] Este item foi mantido por ser importante à compreensão dos motivos que levaram o organizador a publicar Rilke. O leitor desta edição deve ter em mente, ao ler este texto introdutório, que Ulrich Baer, que organizou e traduziu as presentes cartas, o fez originalmente para o público falante de inglês. Esta edição aproveita, portanto, o trabalho de compilação de Baer, mas realiza a tradução dos textos de Rilke diretamente do alemão. (N. da Ed. Bras.).

apropriado para ler no funeral de meu pai na Alemanha. Eu não tinha certeza se seria capaz de falar, mas também sentia que se tratava de uma responsabilidade que ninguém mais poderia assumir em meu lugar. A seguinte passagem de uma das cartas de Rilke parecia exprimir esses sentimentos em palavras:

> Quanto à influência da morte de um ente querido sobre aqueles que ele deixa para trás, há muito me parece que não deve ser senão a de uma responsabilidade maior. Quem está partindo não transmite um cêntuplo de coisas iniciadas aos que sobrevivem a ele, para que as continuem – se eles partilhavam algum tipo de vínculo interior? Nos últimos anos, tive de aprender sobre tantas experiências íntimas de morte, mas não houve uma pessoa tirada de mim sem que eu não sentisse aumentarem as tarefas a meu redor. O peso dessa ocorrência não esclarecida e talvez a mais colossal de todas, que apenas por um mal-entendido ganhou a reputação de ser arbitrária e cruel, empurra-nos mais para o fundo da vida e exige os mais extremos deveres às nossas forças pouco a pouco crescentes.

Li essas palavras em alemão naquela ocasião e depois as traduzi, como também outros trechos do alemão e ocasionalmente do francês, para o inglês. Senti uma clara necessidade de tornar esse lado de Rilke acessível também a meu eu adulto falante de inglês. Além disso, o movimento do alemão para o inglês me propiciou uma maneira de reviver e reexperimentar, agora de modo mais consciente pela tarefa tradutória, meus primeiros e jubilosos encontros com as palavras de Rilke. De igual importância foi minha progressiva noção – posta em seus termos próprios apenas por Rilke num comentário sobre seus poemas franceses escritos num período que ele vivenciou como uma segunda juventude – de que sempre vivemos uma existência "mais jovem" do que nossa idade cronológica quando vivemos numa língua que adquirimos mais tarde na vida. Às vezes, uma segunda língua pode nos dar a oportunidade de recuperar, pelo ato da tradução, partes de nosso desenvolvimento que nos tinham passado despercebidas em nossa língua nativa por causa da aparente transparência dessa linguagem. Minhas traduções são guiadas por esse senso de descoberta e pelo apreço renovado a palavras e expressões que agora fui capaz de reaver, dessa vez em inglês. O esforço de verter Rilke para o inglês, em vez de transformar o inglês no modo como Rilke poderia ter soado na língua que ele não dominava ou apreciava, brota da experiência de ouvir o poeta revelar o alemão de maneiras que fazem essa língua soar menos, digamos, alemã. Minha intenção foi, sobretudo, recriar para os leitores de língua inglesa a experiência do ritmo que os leitores alemães nativos têm com a prosa de Rilke. Isso, no entanto, significou encontrar um novo ritmo apropriado ao inglês, em vez de forçar o inglês, em nome da literalidade, a se encaixar numa estrutura teutônica, tirando o encanto das palavras rilkeanas. Nos *Cadernos de Malte Laurids Brigge*, Rilke adverte que, para escrever poesia, é preciso esperar que as lembranças e experiências "tenham se tornado nosso próprio sangue, olhar e gesto". O mesmo se aplica à tradução: o original deve correr por longos períodos através dos ouvidos, da mente e do corpo do tradutor, apenas para ser lançado, amiúde muito subitamente, na língua-alvo, e é nesse ponto que ele se adapta à forma e aos ritmos dessa linguagem e muitas vezes os estica. E essa linguagem deve ser repleta de fôlego e vida, o que significa que ela talvez force um pouco seus limites contra a sintaxe e os sons em que essas sentenças agora renascem. Não compartilho a crença de alguns tradutores de Rilke de que o alemão é mais capaz do que o inglês para expressar um pensamento sustentado. Se tais diferenças existem, elas certamente têm a ver com falantes individuais e não com os idiomas como um todo, e, se há distinções entre os modos como alguém pode estruturar um argumento ou descrever um estado emocional em determinada língua, elas podem ser admitidas, mas não levam a concluir a inerente superioridade de um idioma sobre outro. Em meu caso, traduzir Rilke foi um processo que de modo inesperado deu voz, para mim, que agora vivo em meu eu "mais jovem" de fala inglesa, a uma das experiências essenciais e difíceis da vida, que é adentrar a verdadeira fase adulta.

Em 4 de dezembro de 1926, no aniversário de 51 anos, Rilke, em seu leito de hospital, pediu cartões que seriam impressos e enviados a bem mais de uma centena de correspondentes ativos, os quais esperavam, todos, por sua palavra. No cartão se lia, em alemão e francês:

> Monsieur Rainer Maria Rilke, gravemente doente, pede que o desculpem; ele se encontra incapaz de cuidar de sua correspondência. Dezembro, 1926.

Rilke morre em 29 de dezembro de 1926. A tarefa de sua correspondência assumira absoluta importância moral para o poeta. O fato de não poder satisfazer o anseio de seus correspondentes por suas cartas causava-lhe profunda dor. Pedir-lhes perdão por não escrever efetivamente significa, nesse pungente cartão, ser desculpado por estar "gravemente doente" e portanto, em última análise, ser perdoado por morrer. Rilke sabia que seu silêncio desapontaria. Desculpando-se por ele, reconhecia e finalmente assumia o papel de conselheiro, confessor, guia espiritual e sábio do cotidiano, que muitos de seus correspondentes tinham reconhecido e acolhido com prazer durante anos, mas que ele, numa postura de semi-escárnio, tinha recusado desde o início. A mensagem de despedida escrita por um homem que insistia com os amigos para que, a todo custo, não deixassem um padre se aproximar de seu leito de hospital e que muito relutava em permitir o acesso dos médicos, por temer a divisão que criavam entre seu corpo e ele mesmo, é parte do legado de Rilke. "Sua correspondência" tinha se tornado não uma mera tarefa, mas uma responsabilidade moral; tinha alcançado o *status* geralmente outorgado à poesia. Quando solicitou que o cartão fosse impresso em alemão e francês, Rilke também se partiu em duas línguas, abrindo assim a possibilidade de que ou ele perdera a noção de pertencer a um idioma ou cultura nativos ou reconhecia ter sua voz um alcance além daquilo com que fora identificado ao longo de sua vida. Nessa última missiva escrita ao mundo, Rilke não se desculpou nem manifestou lamento pelo fato de que não mais escreveria poesia; porém, ao elaborar sua correspondência, ele havia revelado um lado de si próprio que não poderia ser esquecido.

CARTAS DO POETA SOBRE A VIDA

a sabedoria de *Rilke*

Não pense que quem procura consolá-lo vive sem esforço em meio às palavras simples e serenas que às vezes confortam você. A vida dele tem muita tribulação e tristeza e permanece muito aquém da sua. Mas, se fosse diferente, ele jamais poderia ter encontrado essas palavras.

[H]á tantas pessoas que esperam de mim não sei exatamente o quê – auxílio, conselhos (de mim, que me encontro totalmente 'perplexo' ante as urgências mais autoritárias da vida!) – e, embora saiba que elas estão enganadas, erradas a esse respeito, eu contudo me sinto tentado (e não creio que seja por vaidade!) a compartilhar com elas algumas de minhas experiências – alguns frutos de minhas longas solidões... nesse sentido, do mesmo modo como ajudaria um cego. Vejo que você ficou comovida com essa carta, então, eu não estava errado em escrevê-la... E mulheres e moças terrivelmente abandonadas no próprio seio de suas famílias – e recém-casadas aterrorizadas com o que lhes ocorreu... e então, todos esses jovens operários, na maior parte revolucionários, que saem desorientados das prisões do Estado e se perdem na 'literatura' compondo poesias de bêbados malvados... o que lhes dizer? Como elevar seu coração desesperado, como modelar sua vontade disforme que, sob o impacto dos acontecimentos, assumiu um caráter de algo emprestado e totalmente provisório e que, agora, eles levam em si como uma força estranha, que mal sabem usar?

Sobre vida e viver

É preciso viver a vida ao limite

É imprescindível uma única tarefa, urgente: unir-se em algum lugar à natureza, ao forte, ao ávido, ao iluminado, com prontidão incondicional e, num espírito inocente, trabalhar avante, seja no mais banal, no mais cotidiano. Cada vez que consideramos algo com garra, com alegria, cada vez que olhamos para distâncias ainda não inauguradas, transformamos não apenas este momento e o seguinte, mas também o passado em nós, o tecemos em nossa existência, dissolvemos o corpo estranho da dor, cuja composição exata não conhecemos. Assim como não sabemos quanta pulsão de vida esse corpo estranho, uma vez dissolvido, transmite a nosso sangue.

❧

Se quisermos ser iniciados nos mistérios da vida, devemos considerar duas coisas: primeiro, a grande melodia em que concorrem coisas e perfumes, sentimentos e tempos passados, crepúsculos e sonhos, e então as vozes individuais que completam e finalizam esse coro total. E para fundamentar uma obra de arte, isto é, a imagem da vida mais profunda, do viver mais do que o viver de hoje e sempre possível em todas as eras, será necessário ajustar e pôr na relação certa essas duas vozes: *a* de um momento específico e *a* de um grupo de pessoas nele.

Desejos! Desejos! E o que a vida sabe disso? Ela germina e impele e tem sua natureza poderosa que fitamos com nossos olhos de espera.

❖

A vida se orgulha de não parecer descomplicada. Com simplicidade, ela provavelmente não nos levaria a fazer tudo aquilo a que não somos facilmente inclinados...

❖

Um destino pensante, consciente de nossa existência... sim, quantas vezes não desejamos ser fortalecidos e afirmados por um destino assim; mas ele imediatamente não seria um destino que nos olha de fora, que nos observa, e com o qual não estaríamos mais sozinhos? Que tenhamos sido inseridos num "destino cego", que o habitemos, é decerto a condição de nosso próprio olhar, de nossa inocência perspicaz – É apenas pela "cegueira" de nosso destino que somos tão profundamente relacionados com a indistinção profunda do mundo, ou seja, com a totalidade, o insondável e o que nos excede.

❖

Ver é para nós a mais autêntica possibilidade de adquirir algo. Se aprouvesse a Deus que nossas mãos fossem como nossos olhos – tão dispostas no agarrar, tão despreocupadas no soltar todas as coisas –, seríamos verdadeiramente ricos. Não enriquecemos ao deixar que as coisas permaneçam e definhem em nossas mãos, mas permitindo que tudo passe por seu alcance como pela festiva porta de entrada e retorno ao lar. Nossas mãos não devem ser um esquife, mas uma cama apenas, em que as coisas têm sono e sonhos crepusculares, de cujas profundezas falam seus mais caros segredos. Mas as coisas devem seguir adiante, robustas e fortes, para além das mãos, e não devemos reter nada delas senão a corajosa canção da manhã, que paira e oscila atrás de seus passos pouco a pouco inaudíveis. Pois posse é pobreza e medo: a posse despreocupada é ter possuído algo e dele ter aberto mão!

❧

Olhar alguma coisa é algo tão maravilhoso e tão pouco conhecido. Quando olhamos algo, estamos totalmente voltados para fora, mas, justo quando estamos mais concentrados nesse olhar, parecem suceder em nós coisas que ansiaram não ser observadas, e enquanto se desenrolam em nós, intactas e estranhamente anônimas, *sem nós*, seu significado se desenvolve no objeto exterior, na forma de um nome convincente, forte, seu único nome possível. E, por meio desse nome, de maneira jubilosa e respeitosa reconhecemos o evento em nosso íntimo, sem nem sequer tocá-lo; e o compreendemos no mais total silêncio, totalmente de longe, sob o signo de algo ainda há pouco alheio e já no momento seguinte alheado de novo.

❧

Não é freqüente que algo muito grande se condense tanto que uma mão, uma impotente mão, possa segurar por inteiro. Tal como quando alguém encontra um pequeno pássaro sedento. Você o retira da beira da morte, e o coraçãozinho pulsa cada vez mais na mão quente, trêmula, como as ondas mais externas de um mar gigante cuja praia é você. E, com esse animalzinho que se restabelece, você subitamente percebe que a vida se restabelece da morte. E você o ergue. Gerações de pássaros e todas as florestas sobre as quais eles passam, e todos os céus aos quais subirão. E isso tudo é fácil assim? Não: você é muito forte em carregar o que há de mais pesado em tal hora.

❧

Cada experiência tem uma velocidade especial segundo a qual ela deve ser vivida, para que seja nova, profunda e frutífera;

e a sabedoria consiste em encontrar essa velocidade para cada caso individual.

❧

Os desejos são as lembranças vindas de nosso futuro!

❧

Seja não-moderno por um dia apenas e veja quanta eternidade há em você.

❧

Afinal, a vida não é de modo algum tão coerente como nossas preocupações; ela tem muito mais imprevistos e muito mais facetas do que nós.

❧

Meu Deus, como é magnífica a vida, precisamente por sua imprevisibilidade e pelos passos de nossa cegueira amiúde tão estranhamente certos.

❧

A vida foi verdadeiramente feita para nos surpreender (e isso não nos espanta de jeito nenhum).

❧

Como é numeroso e variado tudo que está por vir, e como tudo sobe à tona e passa diferente do que pensamos. Como somos pobres de imaginação, fantasia e expectativa, e como nos conduzimos de forma leviana e superficial no planejar; até que vem o real e toca sua música em nós.

❧

Quanto mais vivo, mais necessário me parece suportar e escrever todo o ditado da existência até o fim; pode ser o caso de apenas a última sentença conter essa pequena, talvez singela palavra pela qual tudo que aprendemos penosamente e tudo que não compreendemos será subitamente transformado num sentido magnífico. E quem sabe se, na esfera do além, não dependemos de algum modo de que tenhamos aqui chegado *ao fim* simplesmente preparado para nós; tampouco pode haver certeza de que nós, fugindo da imensa fadiga daqui, não deparemos no outro lado com novos trabalhos, perante os quais a alma, abalada e não-solicitada como chegaria, se acharia tanto mais envergonhada.

❖

É impossível ter uma imagem exaustiva o suficiente da amplidão e das possibilidades da vida. Nenhum destino, nenhuma recusa, nenhuma adversidade é simplesmente sem saída; em algum lugar, o mais denso matagal pode produzir folhas, uma flor, uma fruta. E, em algum lugar, na providência mais extrema de Deus, haverá também um inseto que colherá riqueza dessa flor, ou uma fome à qual essa fruta será bem-vinda. E, se for amarga, terá sido espantosa a pelo menos um olho, ao qual terá propiciado prazer e curiosidade pelas formas, cores e frutos do mato cerrado; e, se ela cair, cairá na plenitude do futuro e, em sua decomposição final, contribuirá para torná-lo mais rico, colorido e viçoso.

❖

Há muito me acostumei a apreender as coisas dadas conforme sua intensidade, sem, até onde isso é humanamente possível, preocupar-me com a duração. Essa é, em última análise, a maneira melhor e mais direta de esperar *tudo* delas – mesmo a duração. Se começamos por *esta* pretensão de que ela dure, arruinamos e falsificamos toda experiência; de fato, nós a paralisamos em sua invenção e potencialidade mais próprias, mais íntimas.

O que de fato não se pode suplicar pode apenas ser dado de *presente*. Também assim penso agora: muitas vezes na vida parece que nada importa senão a mais longa paciência!

❖

Tudo o que nos acontece, quer ou não o desejemos ou solicitemos, não é sempre magnífico e da mais pura e mais clara justiça?

❖

E o que significa viver senão justamente essa ousadia de preencher um molde que um dia então será quebrado por nossos novos ombros, para que, livres, na nova transformação, nos familiarizemos com todos os seres magicamente arrebatados?

❖

Vivemos tão mal porque sempre chegamos despreparados ao presente, incapazes e dispersos em tudo.

❖

Podemos nos sentir tão abandonados às vezes... E depende da tolerância das coisas se podemos suportar quando elas subitamente não nos aceitam, nem nos conduzem adiante. Então ficamos ali parados, na miséria de nosso corpo, isolados – como quando éramos crianças, quando "eles" ficavam zangados conosco e fingiam não nos ver. Então as coisas também foram suficientemente desleais, e ocorreu um breve momento de *não*-ser, que abriu caminho até nosso coração e o cercou por todos os lados. Sofrimento. Pois o que é mais *ser* do que precisamente esse coração, em que o mundo se nos torna alternadamente "objeto" e "eu", interior e contraparte, anseio e fusão – e que, com suas batidas, ocasionalmente talvez coincida com sabe Deus que compassos infinitos no cosmo... (talvez por acaso).

Por fim – nós o sabemos –, a pequena sabedoria da vida consiste em esperar (mas esperar no estado de espírito certo, puro), e a grande graça que de tempos em tempos nos é concedida consiste em sobreviver...

❧

Oh, Deus, para quê, para quê –, como são formidáveis a vida e a morte quando não as vemos incessantemente numa coisa só e quase não as distinguimos. Mas *isso* cabe justo aos anjos fazerem, não a nós, ou a nós apenas excepcionalmente, por momentos lentamente doloridos.

❧

É necessário viver a vida ao limite, não segundo os dias, mas segundo a profundidade. Não é preciso fazer o que vem depois, se alguém sente que tem mais participação no que vem ainda depois, no longínquo, na mais remota distância. Pode-se sonhar enquanto os outros salvam, se esses sonhos são mais reais para alguém do que a realidade e mais necessários do que o pão. Numa palavra: *é preciso tornar a mais extrema possibilidade que alguém traz em si o critério de sua vida, pois nossa vida é grande e acomoda tanto futuro quanto somos capazes de carregar.*

❧

... A vida há muito se antecipou a qualquer empobrecimento posterior, por meio das riquezas que excedem ao máximo suas medidas. Então, o que restaria a temer? Apenas que isso fosse esquecido! Mas em nós, à nossa volta, *quantas* coisas nos ajudam a lembrar!

❧

Tem quase o significado de uma religião esta idéia: tão logo tenhamos descoberto a música de fundo, não estaremos mais perplexos em nossas palavras e obscuros em nossas resoluções. Há uma certeza despreocupada na simples convicção de ser parte de uma melodia e de, portanto, possuir legitimamente um determinado espaço para ter direito e um determinado dever em relação a uma obra ampla em que o mínimo vale tanto quanto o máximo. Não ser excedente é a primeira condição do desenvolvimento consciente e sereno.

❖

Com apenas algumas palavras, venho lhe agradecer sua carta; posso compreendê-la bem em tudo, e acompanhá-lo em sua tristeza, essa tristeza que conheço tão profundamente, para a qual é natural encontrar motivos... e, no entanto, ela é apenas um ponto sensível em nós, sempre a mesma, um desses pontos que, quando doem, não se deixam mais definir, de modo que, em toda a sensação difusa de dor, não sabemos mais reconhecê-la nem tratá-la. Sei disso tudo. E há também uma alegria semelhante – e é preciso talvez, de algum modo, superar ambas. Pensei nisso ainda recentemente, quando, dia após dia, subi as encostas solitárias de Anacapri e me senti tão feliz lá em cima, tão laboriosamente feliz também na alma. Sempre voltamos a deixar cair uma ou outra: esta alegria e esta tristeza. Ainda não *possuímos* nenhuma delas. E o que somos nós, tão logo nos levantamos, e um vento lá fora, um brilho, uma canção trazida por vozes de pássaros no ar podem nos tomar e fazer o que quiser de nós? É bom ouvir, ver e apreender tudo isso, não perder a sensibilidade, mas, ao contrário: senti-lo de maneiras cada vez mais incontáveis, em todas as suas variações, porém sem nos perdermos nisso.

Certa vez, disse a Rodin num dia de abril, cheio de primavera: "Como isso [a estação de primavera] nos dissolve, como precisamos contribuir para isso com todas as forças e nos empenharmos até a exaustão. Você também não sabe disso?". E ele, que decerto sabia, por si só, apreender a primavera, com uma olhada rápida: "Ah – nunca prestei atenção nisso". É isso o que devemos aprender: a *não* dar atenção a certas coisas; ser concentrados *demais* para tocar, com algum lado sensível, nas coisas das quais jamais podemos nos aproximar com todo o nosso ser. Sentir tudo só com a totalidade da vida; então muitas coisas (demasiado estreitas) ficam excluídas, mas tudo o que é importante acontece...

❖

A vida é de tal modo *verdadeira*, em seu conjunto, que a própria mentira (se não é infame) participa gloriosamente dessa verdade inabalável.

❖

A vida anda: passa por muitos ao longe e faz um desvio em torno dos que a esperam.

❖

Não pense você que tudo o que é forte e belo termina "feio e ordinário", como você se exprime nesse momento de perplexidade interior – isso *não pode* acabar assim, pois não termina de jeito nenhum se foi algo forte e belo. Continua atuando em transformações incessantes, as quais, com freqüência, vão muito além de nossa capacidade de apreender e suportar. Muitas vezes, quando um evento nos congela, ou quando ele se desfolha e despetala de algum outro modo violento diante de nossos olhos, horrorizados escavamos a terra e nos assustamos com a feiúra de suas raízes, cujo entorno traz o que consideramos ser transitoriedade. Somos tão pouco capazes de ser justos com *todos* os fenômenos e, sem dificuldade, chamamos feio – como que nos voltando de forma odiosa e vingativa contra nós mesmos – tudo o que simplesmente não se encaixa na seqüência de beleza buscada no momento. Em geral, isso não passa de um deslocamento – ainda que muitas vezes quase insuportável – de nossa atenção; os grupos de fenômenos da vida são ainda terrivelmente desconexos e inconciliáveis para nossa percepção. Atravesse o bosque num dia de primavera. Basta um pequeno deslizar do olhar para outra categoria de existência da natureza e já, já estamos, em vez de na vida, na destruição e na dissolução; em vez de na alegria, na desolação; em vez de vibrantes, petrificados, sim, como que exilados de toda perspicácia e curiosidade e participação. Mas *o que* isso diz contra a primavera? O que contra o bosque? O que contra nós? O que, afinal, contra as possibilidades de nos relacionarmos e nos reconhecermos? Onde quer que tais redirecionamentos da atenção ocorram na alma, no mundo interior são evidentemente ainda mais provocativos e perturbadores – mas só os chamaremos "feios e ordinários" se virmos neles a convenção de uma desilusão ou de uma decepção, em vez da tarefa de apreender uma metamorfose, cada vez especial, única e incomparável em sua realidade peculiar.

❧

Onde quer que esperemos algo grande, ele não é isso ou aquilo com que contamos; não podemos contar com nada nem adivinhar o que quer que seja, pois se trata do inesperado, do imprevisível. E a lentidão de um caminho não poderia desconcertar alguém mais do que a mim, cuja experiência diária é medida pelos grandes intervalos do crescimento artístico.

❧

Quão singular se desenrola a vida. Se não houvesse uma ponta de arrogância nisso, gostaríamos de nos colocar de fora, em relação a tudo, isto é, a todo *acontecimento*, só para não perder nada – mas ainda permaneceríamos fixos, talvez agora mais do que nunca, no centro verdadeiro da vida, onde tudo conflui e nada tem um nome. Mas, no fim, sempre voltam a nos seduzir os nomes, os títulos, os pretextos da vida, porque o todo é demasiado infinito, e nos recuperamos dele nomeando-o, por um momento, com o nome de *um* amor, por mais que essa limitação apaixonada mostre estarmos errados, e nos torne culpados, nos mate...

❦

Ah, contamos os anos e fazemos cortes aqui e ali e paramos e começamos e hesitamos entre essas opções. Mas quão inteiriço é tudo que nos sucede, e como tem parentesco uma coisa com outra, gerou a si mesma e cresce e é criada para se tornar ela mesma; e temos, no fundo, apenas que *estar aí*, mas simplesmente, mas insistentemente, tal como a Terra está aí, dizendo sim às estações, clara e escura e totalmente no espaço, não desejando repousar senão na rede de influências e forças onde as estrelas se sentem seguras.

❦

Atravessamos tudo como a linha atravessa um tecido: formando imagens e não sabemos quais.

❦

Até mesmo o que foi é ainda um ente na plenitude do acontecer, se não é compreendido de acordo com seu conteúdo, mas segundo sua intensidade, e nós – como membros de um mundo que, produzindo movimento após movimento, força após força, parece se precipitar irrefreável em coisas menos e menos visíveis – dependemos dessa visibilidade superior do passado se queremos, em alegoria, imaginar a agora moderada magnificência que ainda nos rodeia hoje.

❦

É, afinal, *uma* força dentro do humano com a qual realizamos tudo, uma constância e uma direção pura do coração. Quem a possui não deveria se deixar amedrontar.

❖

Como é possível viver se os elementos desta vida nos são totalmente incompreensíveis? Se somos continuamente insuficientes na vida, incertos ao tomar decisões e incapazes em relação à morte, como é possível existir? Não tive êxito neste livro [*Os cadernos de Malte Laurids Brigge*], feito sob o mais profundo compromisso interno, em transcrever todo meu assombro com o fato de os homens lidarem há milênios com a vida (com Deus, então, nem se fala) e ainda encararem de forma tão miserável essas primeiras tarefas, as mais imediatas, as únicas para falar com exatidão (pois que outras coisas temos a fazer, ainda hoje e por quanto tempo ainda?), tão notavelmente perplexos, tão entre o horror e a evasiva. Isso não é incompreensível? Meu espanto com esse fato me impele, sempre que me entrego a ele, primeiro à maior consternação e, depois, a uma espécie de horror, mas também atrás do horror há algo familiar, íntimo, algo tão intenso que não consigo decidir, com o sentimento, se é tórrido ou gélido.

❖

É possível que, muitas vezes, nossa natureza de fato se vingue pelo inapropriado, pelo estrangeiro que solicitamos dela, e que entre nós e nosso entorno surjam fendas que não permanecem totalmente na superfície. Mas por que nossos antepassados leram a respeito de todas essas coisas estranhas: ao deixá-las crescer dentro de si tornando-se sonhos, desejos, vagas imagens fantásticas, ao tolerar que seu coração mudasse a andadura, esporeado por algum espírito aventureiro; quando, com distâncias ilimitadas e mal compreendidas dentro de si, colocando-se de pé à janela, com um olhar que virava as costas quase desdenhoso para o pátio e o jardim lá fora, eles de fato evocaram *aquilo* com que agora temos de nos ocupar e, de certo modo, reparar. Com o entorno, que não viam mais, eles também perderam de vista toda a realidade. A proximidade lhes parecia tediosa e cotidiana, e a distância dependia de seu humor e sua imaginação. E, desse modo, a proximidade e a amplidão caíram no esquecimento. Por isso não nos coube nem sequer fazer distinção entre ambas, assumi-las e restabelecê-las como a única realidade, que, na verdade, não é dividida em nenhuma parte ou terminada, nem usual à nossa volta e romântica um pouco adiante, nem tediosa aqui e cheia de variações do lado de lá. Eles, nesse tempo, distinguiam com tanta obstinação entre o estranho e o usual; não percebiam como ambos estão em toda parte no mais denso enlaçamento. Viam apenas que o próximo não lhes pertencia, e por isso pensavam que o que de fato se podia possuir e tinha valor estava no estranho, e ansiavam por isso. E consideravam seu anseio irrestrito e inventivo uma prova de sua beleza e grandeza. Ainda eram da opinião de que podemos fazer entrar algo em nós, inalar e engoli-lo, enquanto, de fato, desde o começo, estamos tão cheios que nem mesmo a menor coisa poderia ser acrescentada. Mas tudo pode exercer um efeito em nós. E tudo exerce um efeito a distância; tanto as coisas próximas como as remotas, nenhuma nos toca, todas se relacionam conosco atravessando as separações. E, assim como as mais longínquas estrelas não podem entrar em nós, tampouco o pode o anel de minha mão: tudo que nos alcança só pode fazê-lo do modo como o ímã invoca e ordena as forças em algum objeto sensível; de igual maneira, todas as coisas podem criar uma nova ordem em nós ao atuar sobre nós. E, diante dessa intuição, não desaparecem a proximidade e a distância? E não é essa *nossa* intuição?

Creio que nunca somos mais justos do que ao admirarmos com total entrega; e, numa época tão dada a críticas, é assim que os admiradores deveriam apresentar as poucas grandes figuras que essa época não conseguiu reprimir.

❖

Uma coisa é verdadeira apenas ao lado de outra, e penso sempre que o mundo foi projetado com espaço suficiente para abarcar tudo: aquilo que foi não precisa ser tirado do lugar, mas apenas lentamente transformado, assim como aquilo que será não cai do céu no último momento, mas já se encontra desde sempre ao nosso lado, à nossa volta e em nosso coração, esperando o aceno que o chama à visibilidade.

❖

Parece-me que a única maneira de ser prestativo é estender a mão *involuntariamente*, sem jamais saber qual será a eficácia desse gesto. Se a vontade faz tudo ao amor, ela o faz mais ainda a toda possibilidade de ajudar. Só os deuses o podem, e, se eles se servem de nós para realizar essa obra de caridade, amam nos mergulhar numa anonimidade impenetrável.

❖

A maioria das pessoas, mesmo nos dias em que o destino gostaria de lhes conceder dádivas ilimitadas, tem um defeito quando se trata de aceitar; aceitam de viés e perdem nisto; ou aceitam com uma segunda intenção ou como se, com isso, estivessem sendo compensadas por alguma coisa.

❖

E, contudo, a vida *é* transformação: o que é bom é transformação, e o que é ruim também. E, por isso, tem razão *quem* aceita tudo o que lhe ocorre como algo que não retornará. Não importa se ele esquece ou não, contanto que por um momento tenha estado totalmente presente e sido o local, a atmosfera, o mundo do que aconteceu, contanto que tenha acontecido *dentro* dele, no meio dele, tanto o bom como o mau – então ele não tem nada mais a temer, pois em seguida sempre há o iminente e cada vez o significativo. Elevar as coisas ao essencial depende muito de nossa participação. Quando sentem nossa intenção, elas se concentram e não se retardam e são tudo o que podem ser; e em cada coisa nova o velho está todo contido, só que diferente e bastante aumentado.

❖

Nós, seres do aqui e agora, não estamos satisfeitos por um só momento no mundo do tempo, nem presos a ele; nós sempre vamos além e além, até os de outrora, até nossa origem e àqueles que parecem vir depois de nós. Nesse mundo "*aberto*" ao máximo, não se pode dizer que todos *são* "contemporâneos", pois justo a revogação do tempo acarreta que todos *são*. A transitoriedade cai em toda parte num profundo ser. E, assim, todas as formas do aqui não devem ser usadas apenas dentro de limites temporais, mas, tanto quanto possível, devem ser postas naqueles significados superiores de que participamos. Mas *não no sentido cristão* (do que me distancio com fervor cada vez maior); ao contrário, numa consciência puramente terrena, profundamente terrena, jubilosamente terrena, é nossa tarefa introduzir o visto e tocado *aqui* no círculo mais vasto, o mais vasto de todos. Não em um além, cuja sombra escurece a Terra, mas em um todo, *no Todo*. A natureza e as coisas de nosso entorno e uso são preliminares e transitórias, mas são, enquanto estamos aqui, *nossa* posse e nossa amizade, cúmplices de nosso sofrimento e alegria, tal como elas já foram os confidentes de nossos antepassados.

É essencial, portanto, não apenas não caluniar e rebaixar as coisas do aqui, mas também, pelo caráter provisório que elas compartilham conosco, compreender e transformar esses fenômenos e coisas com o mais íntimo entendimento. Transformar? Sim, pois é nossa tarefa gravar em nós essa terra provisória, efêmera, de forma tão profunda, tão sofrida e tão apaixonada que sua essência de novo se ressuscita "invisível" dentro de nós. *Somos as abelhas do invisível. Apaixonados colhemos o mel do visível, para acumulá-lo no grande favo de ouro do Invisível.*

❧

Como é boa a vida. Como é justa, incorruptível, impossível de ser enganada: nem pela força, nem pela vontade, nem mesmo pelo ânimo. Como tudo permanece o que é e tem apenas essa escolha: cumprir-se ou exagerar-se...

❧

Todas as nossas intuições ocorrem após o fato.

❧

No fundo, não creio que importa ser feliz no sentido em que as pessoas esperam ser felizes. Mas consigo entender plenamente essa felicidade árdua que consiste em despertarmos forças com um trabalho resoluto, as quais começam a trabalhar, elas mesmas, em nós.

❧

A história não é *toda* a humanidade, é um índice dos níveis de água, das marés baixas e inundações, mas não é o rio em si, nem a corrente, nem o leito do rio. Essa efervescência e destruição que ocupam, arrebatam, elevam e aniquilam os homens podem ser apenas uma alegoria, um retraçar e um perder de arquiteturas invisíveis que constituem a verdadeira forma-mundo de nossa existência.

❦

Na vida, em todas as suas formas, realizou-se o princípio estático, que é nosso intento último: o princípio que não consiste em nos mantermos cambiantes no instável, mas em repousarmos no centro ao qual retornamos de todos os riscos e transformações. Estamos nele como um dado no copo: uma desconhecida mão de jogador o agita, somos lançados para fora e, ao aterrissar, significamos muito ou pouco. Mas, depois que o dado é lançado, somos recolhidos ao copo, e ali dentro, no copo, não importa *como* assentamos, nós significamos todos os seus números, todos os seus lados. E, no interior do copo, sorte e azar não contam, mas a mera existência, o ser-dado, que tem seis lados, seis probabilidades, sempre tudo de novo — e a peculiar certeza de não podermos nos lançar para fora; o orgulho de saber que é necessário um risco divino para que alguém seja lançado do fundo do copo sobre a mesa do mundo, no jogo do destino. Esse é o puro sentido de *Mil e uma noites* e é a tensão dos que ouvem essas narrativas: que o carregador, o pedinte, o condutor de camelos — qualquer um que tenha produzido apenas um dado pequeno — é recolhido ao copo para ser arriscado outra vez. E que isso é o mundo em que se cai, sob estrelas, em meio a moças, crianças, cães e detritos; que não há nada de obscuro nas circunstâncias em que podemos ir parar. Por certo, pode haver algo muito grande ou muito maligno, muito ardiloso ou simplesmente fatídico... mas estamos lidando ou com outros dados, ou com os arremessos e espíritos que agitam os copos e, nisso, arriscam uma coisa deles. É um jogo honesto, imprevisível e sempre retomado, para além de nós, mas de tal forma que ninguém, em nenhum momento, carece de valor ou é ruim ou ignominioso; pois quem pode ser responsável por cair fora do copo desse ou daquele modo?

❖

Que idade alguém deveria atingir para realmente admirar o bastante, para em nenhuma parte ficar aquém do mundo; mas quantas coisas ainda subestimamos, desprezamos, desconhecemos. Deus, quantas oportunidades e exemplos para nos tornarmos alguma coisa – e, em contrapartida, quanta indolência, dispersão e meia-vontade de nossa parte.

❖

Do que necessitamos com maior urgência agora: perceber que a transitoriedade não é separação – pois nós, passageiros como somos, a temos em comum com as pessoas que passaram por nós, e elas e nós estamos, ao mesmo tempo, unidos num só *ser*, em que a separação é igualmente impensável. De outro modo, compreenderíamos tais poemas, se tivessem sido apenas a elocução de alguém que no futuro estaria morto? Eles não falam sem cessar para algo ilimitado e irreconhecível em nós, além dos fatos do aqui? Penso que o espírito, em nenhuma parte, pode se apequenar tanto a ponto de se referir apenas ao nosso temporal e ao nosso agora: onde ele se arremessa sobre nós, aí somos os mortos e os vivos ao mesmo tempo.

❖

Acredito na velhice; trabalhar e envelhecer: é isso o que a vida espera de nós. E um dia, então, *ser velho* e ainda estar longe de compreender tudo – não; mas começar, mas amar, mas pressentir, mas conectar-se com o distante e indizível, até dentro das estrelas.

❖

Como é magnífico envelhecer quando se construiu na vida como um verdadeiro artesão; então não há lembranças que não se tornaram coisas, não há nada que passou: tudo está aí, real, de uma realidade estonteante, aí está e *é* e foi reconhecido e acolhido por tudo de grande, aparentado com o mais remoto passado e fecundo de futuro.

❧

Não é curioso que quase todos os grandes filósofos e psicólogos tenham sempre dado atenção à Terra e só à Terra? Não seria mais sublime ignorar esse torrão e considerar não um pozinho no universo, mas o próprio cosmos? Imagine como as labutas terrenas pareceriam pequenas e insignificantes no momento em que nossa Terra se contraísse até se tornar a menor, rodopiante, indiferente partícula de um mundo infinito! E como o homem teria de crescer em sua "pequena Terra"!

Curioso. Todo pássaro que constrói seu ninho sob as vigas do teto examina primeiro o lugar que escolheu e sobre o qual uma minúscula parte de sua vida será agora dispersa. E o ser humano, entretanto, fica todo satisfeito em conhecer a Terra de forma aproximada e escassa e permite que os vastos mundos acima oscilem e mudem seus caminhos. Não parece que ainda estamos numa posição muito baixa, já que nosso olhar está tão consistentemente fixo no chão?

❧

Devemos tentar não perder ou negligenciar nenhuma oportunidade de sofrer, experimentar ou ser feliz; nossa alma se levanta restabelecida de tudo isso. Ela tem um leito nas alturas a que é difícil chegar, e no intransitável ela está em casa: devemos alçá-la até lá. Mas mal a pousamos nesses pontos mais extremos, como morta, ela desperta e com suas asas se lança mais alto no céu e nas profundidades celestiais que a partir de então nos pertencem.

❧

Confesso que considero a vida uma coisa do mais intocável deleite, e que a conjunção de tantos desastres e privações, o abandono de incontáveis destinos, tudo que nesses últimos anos se avolumou invencivelmente para nós tornando-se um horror crescente não é capaz de me distrair da plenitude, bondade e afeição da existência. Não teria sentido aproximar-me de você com bons votos se cada voto não fosse *precedido* por essa convicção de que os bens da vida emergem da sublevação e da ruína puros, incorruptos e, em seu âmago, desejáveis.

Sobre ser com os outros

*Ser uma parte, isso é
nossa realização*

Ser uma parte, isso é nossa realização: estar integrado com nossa solidão no que é compartilhado.

❦

Toda discordância e todo erro vêm do fato de que os homens procuram o compartilhado *dentro* de si, em vez de procurá-lo nas coisas *atrás* de si, na luz, na paisagem, no começo e na morte. Nisso, eles se perdem e não ganham nada em troca.

❦

A injustiça sempre fez parte de todos os movimentos humanos, é inerente a eles. Se alguém conhece um caminho para o futuro, não deve perder seu tempo evitando injustiças. Deve simplesmente superá-las por meio da ação.

❦

Esta é uma das tarefas mais perfeitas da amizade: sermos puros no Não, sempre que não estivermos inundados pelo mais infinito Sim.

❦

Se ao menos pudéssemos rever cada semblante humano que já se voltou para nós, mesmo que apenas um vez, com seriedade e franqueza, sem nos censurarmos por tê-lo traído ou ignorado. Mas vivemos na densidade de nosso próprio corpo, que nos impõe em termos já puramente físicos (pois, afinal, só podemos partir desse Eu corporal) uma medida especial; vivemos, penso eu, na prisão desse corpo, e o entorno em que nos movemos traz consigo outras amarras e confinamentos..., e assim nunca somos tão livres, tão amorosos e inocentes, como deveríamos ser de acordo com nossos próprios recursos e convicções. Com freqüência, são também a incerteza e a dispersão que nos limitam; quanta magnânima certeza a respeito de nós mesmos seria necessária para termos, a cada voz que nos alcança, a audição mais límpida e a resposta mais segura.

❦

Mas há uma coisa que não sei. Você sabe? Como alguém, um jovem, uma jovem, pode ir embora para cuidar de doentes estranhos? Eu bem que gostaria de admirar muito isso, e sinto que não se pode admirá-lo o suficiente, de jeito nenhum. Mas alguma coisa nessa convicção me perturba, como a inquietação de que nossa época é culpada por tais decisões desproporcionais. Não há algo nelas que dissolve e retira de muitas forças generosas seus pontos naturais de aplicação? Imagine que isso me perturba quase da mesma maneira como o fato de agora todas as maiores pinturas e objetos de arte estarem em museus e não pertencerem mais a ninguém. É claro, dizem: lá eles pertencem a todos. Mas não consigo me habituar a essa coletividade. Nada me faz acreditar nela. Tudo que há de mais valioso deve realmente ir parar desse modo na coletividade? É como se – e não consigo pensar de outro modo – abrissem ao ar livre um vidrinho de essência de rosas e o deixassem aberto: sem dúvida, sua força agora está ali em algum lugar na atmosfera, mas tão dispersa e desmembrada que esse, o mais intenso de todos os perfumes, deve ser considerado perdido para nossos sentidos. Não sei se você compreende o que quero dizer.

❦

Uma pessoa, antes de pensar nos outros, deve ter sido ilimitadamente ela mesma; deve ter atravessado e medido toda sua natureza para dominá-la e empregá-la em benefício de seus semelhantes.

❦

E, no entanto, no entanto: como o indivíduo é sempre esperançoso de novo, como é real, como é bem-intencionado, como é rico. Quando então se vê a multidão confusa e turva, é impossível conceber que o indivíduo se perca dessa maneira nela, sem deixar traços.

❦

Tão logo duas pessoas tenham resolvido renunciar ao que têm em comum, essa dor e seu peso ou sua peculiaridade já pertencem tão inteiramente à vida de cada indivíduo que o outro deve negar-se, por completo, a ter qualquer compaixão sentimental. É exatamente nessa dor que se inicia a separação combinada, cujo primeiro desafio será *a dor já* pertencer separadamente a cada uma das duas existências: como a dor também é uma condição essencial daquilo que o indivíduo, agora o mais solitário deles, deve futuramente criar de sua vida recebida de volta.

Se duas pessoas, em suas lutas honestas, não permaneceram presas no ódio, isto é, nas arestas irregulares e afiadas de sua paixão enrijecida, se elas, em todas as relações mútuas, puderam se manter fluidas, ativas, flexíveis e mutáveis, se, com outras palavras, uma consideração reciprocamente humana e amistosa se lhes permaneceu disponível, então sua decisão de separar-se não pode facilmente provocar desastre e terror.

❦

Quando se trata de separação, a dor já pertence integralmente à outra vida da qual você quer se separar. Do contrário, os dois indivíduos vão continuamente se tornar brandos um com o outro, o que provoca sofrimento impotente e improdutivo. Na separação mais sólida, mais resoluta, porém, a própria dor se torna um capital fundamental na renovação, no recomeço que devem ser realizados por ambas as partes. Pessoas na situação em que você se encontra devem, se possível, entender-se como amigos; mas, depois, essas duas vidas separadas deveriam permanecer por um tempo sem conhecimento uma da outra, uma tão distanciada e desligada da outra quanto possível: para que cada uma se baseie se fixe em suas novas necessidades e condições. Um contato posterior (e, então, realmente novo e talvez muito feliz) deve continuar sendo uma questão de destino e direção imprevisíveis.

❖

Se você se assusta consigo mesmo ao perceber que seu ser se torna exaltado e terrível com a criatura conquistada e até mesmo um tormento para ela, tente imaginar, ao contrário, que conquistar e possuir um ser humano – de modo que este possa ser usado para nosso próprio prazer (amiúde tão fatidicamente condicionado) –, que o uso de um ser humano não existe, não deve existir, não pode existir, e então você verá restabelecidos a distância e o respeito que o farão renovar a empolgação com as opiniões que você tinha enquanto fazia a corte. Acontece com freqüência que o tipo de felicidade que você experimentou amando e sendo amado não só libera novas forças num homem jovem, mas também desvela camadas diferentes, mais profundas de sua natureza, das quais emergem, avassaladoras, as mais inquietantes descobertas: mas nossas confusões têm sido desde sempre uma parte de nossas riquezas, e, se nos horrorizamos com sua violência, estamos apenas assustados com as possibilidades e tensões insuspeitadas de nossa força – e esse caos, tão logo tomamos certa distância dele, imediatamente deflagra em nós o pressentimento de novas ordens e também, tão logo nosso ânimo possa participar desses pressentimentos o mínimo que seja, a curiosidade e o desejo de realizar essa ordem futura imprevisível!

Escrevi a palavra "distância"; se há um conselho que eu estaria em condição de lhe sugerir, seria o palpite de que você deve se empenhar agora em buscar *isso*, a distância. Distância em relação à perturbação atual, como também em relação às novas condições e proliferações de sua alma, que você, é verdade, desfrutou no momento de sua ocorrência, mas das quais ainda não tomou posse verdadeiramente. Um isolamento breve, uma separação por algumas semanas, um período de reflexão, uma nova concentração de sua natureza caudalosa e solta ofereceriam a máxima probabilidade de uma salvação de tudo o que parece se destruir em e por meio de si mesmo.

❧

Nada prende tanto as pessoas no erro como a repetição cotidiana desse erro – e quantas pessoas atadas umas às outras num destino por fim petrificado não poderiam ter assegurado para si – mediante pequenas, puras separações – aquele ritmo pelo qual a misteriosa mobilidade de seus corações teria permanecido de maneira inesgotável na profunda proximidade de seu espaço-mundo interior, de mudança em mudança.

❧

O casamento é algo difícil, e os que o levam a sério são iniciantes que sofrem e aprendem!

❧

Sou da opinião de que o "casamento" como tal não merece tanta ênfase quanta acumulou pelo desenvolvimento convencional de sua natureza. A ninguém ocorre a idéia de exigir de um indivíduo que seja "feliz" – mas, se alguém se casa, todos ficam muito espantados por ele *não* ser feliz! (E, além do mais, não é nem um pouco importante ser feliz, seja como solteiro ou casado). Em vários aspectos, o casamento é uma simplificação das condições de vida, e a união decerto soma as forças e vontades de dois jovens, de modo que, em conjunto, eles parecem alcançar mais longe no futuro do que antes. Só que isso são meras impressões, das quais não se pode viver. Antes de tudo, o casamento é uma nova tarefa e uma nova seriedade – uma nova demanda e um desafio à força e à bondade de cada participante, e um novo grande perigo para ambos.

Pelo que sinto, não se trata de no casamento criar uma rápida união pela demolição de todas as fronteiras. Ao contrário, o bom casamento é aquele em que um designa o outro como guardião de sua solidão e lhe demonstra a maior confiança que ele tem a conceder. Uma *vida conjunta* de duas pessoas é uma impossibilidade e, quando ela todavia parece existir, é uma limitação, um acordo mútuo, que priva uma parte ou ambas de sua mais plena liberdade e desenvolvimento. Mas, contanto que se reconheça que mesmo entre as *mais próximas* pessoas subsistem distâncias infinitas, pode se estabelecer entre elas uma coabitação maravilhosa, tão logo consigam amar a vastidão entre elas que lhes dá a possibilidade de se verem um ao outro em sua forma total e diante de um céu imenso!

Por tal motivo, isto também deve servir como critério para a rejeição ou a escolha: a possibilidade de desejar velar pela solidão de outra pessoa e de estar inclinado a colocar essa mesma pessoa nos portões de nossa própria profundidade, da qual ela só tomará conhecimento graças àquilo que emerge da grande escuridão, festivamente trajado.

❧

Não há uma resposta geral à pergunta que seu marido me dirige através de você; pois apenas uma solução *pessoal* a tal pergunta mostrará se o indivíduo causa ou não dano a si mesmo com sua atitude de sacrifício. Até mesmo uma aparente renúncia aos próprios ideais, por solicitude com outra pessoa, não precisa ser uma renúncia definitiva; ao contrário, pode se tornar enriquecimento. Quem se empenha por outra pessoa, em grande submissão, pode de novo cultivar nela *o que* negligenciou em si próprio. E, para algumas pessoas, florescer numa criatura amada ou numa coletividade grandemente concebida pode parecer mais belo e recompensador do que florescer em seu próprio ser.

❧

Em última análise, são estes os eventos e os valores do mundo: sempre voltar a ter notícias de alguém que disse coisas em que pensamos apenas obscuramente e que fizeram coisas que dissemos em boas horas. Isso nos faz crescer. Esse sentimento de condutos e linhas que vêm até nós de figuras solitárias distantes e vão, de nós, sabe Deus aonde e para quem, considero isso nosso melhor sentimento: ele nos deixa solitários, porém, ao mesmo tempo, nos conecta a uma grande coletividade, em que temos apoio e ajuda e esperança.

❧

Quando duas ou três pessoas se reúnem, nem por isso elas estão juntas. São como marionetes, cujos cordões estão em mãos distintas. Apenas quando *uma só* mão as guia, elas são envolvidas por uma comunhão que as obriga a se inclinar ou a se estapear. E as forças de um ser humano também estão ali onde seus cordões terminam numa mão que as segura e governa.

❈

Raramente podemos ajudar. Por essa razão, sempre que surgir a mais vaga possibilidade para isso, devemos estar absolutamente concentrados.

❈

Poder ajudar também significa sempre ajudar a si mesmo de algum modo!

❈

Num mundo que tenta dissolver o divino numa espécie de anonimato, teve de tomar vulto aquela sobrestimação humanitária que espera da ajuda humana o que ela não pode dar. E a bondade divina está atada à firmeza divina de forma tão indescritível que uma época que, antecipando-se à providência, propõe-se a distribuí-la, desencadeia ao mesmo tempo as mais antigas reservas de crueldade entre os homens.

❈

Nenhum livro, assim como nenhuma palavra de consolo, consegue algo decisivo se *quem* o encontra não tiver sido preparado por algo totalmente imprevisto para uma recepção e fecundação mais profundas: se sua hora de introspecção em todo o caso não chegou. Para levar *essa* hora ao centro da consciência, basta isto ou aquilo: às vezes um livro ou um objeto de arte, às vezes o olhar de uma criança, a voz de uma pessoa ou de um pássaro e, por vezes, até mesmo o ruído do vento, um estalido no assoalho ou, quando uma pessoa se sentava junto à lareira (o que já fiz algumas vezes na vida), uma olhada nas transformações da chama. Tudo isso e coisas bem menores, aparentemente casuais, podem suscitar e fortalecer um auto-encontro ou um auto-reencontro. Os poetas, de vez em quando, sim, até eles, podem estar entre essas boas ocasiões.

❖

Nossos sentimentos não podem fazer outra coisa senão crescer com a empatia. Daí para a imitação é um outro caminho – de certo modo, um caminho para trás, pois a empatia dirige-se para dentro, enquanto a imitação volta a emergir no visível e é realmente, com isso, a perda imediata do que foi conquistado na empatia. Mas estou certo de que não se pode ir longe demais na direção do interior, a direção da empatia. Quanto mais longe avançamos nela, mais aumenta a certeza de que vamos deparar com uma artéria ainda não descoberta de nossos sentimentos, de modo que me inclino a ver os imitadores sobretudo como pessoas que não tiveram empatia o suficiente, que deram meia-volta no meio do caminho e, seguindo as próprias pegadas, retornaram ao exterior. Toda relação com um objeto de arte seria absolutamente improfícua sem uma simpatia e uma empatia até quase a auto-aniquilação, para então, no fim, voltarmos a nós mesmos mais ricos, abertos e capazes de sentir. Empatia é humildade, imitação é vaidade – e, portanto, deveria ser rapidamente possível notar se alguém intenciona uma coisa ou outra.

❖

Talvez a sina do poeta seja agir realmente à revelia do destino e, toda vez que se envolve com o fado, ele se torna ambíguo, impreciso, insustentável. Tal como o herói que só se torna verdadeiro em conformidade com seu destino, o poeta se torna um mentiroso na mesma situação; o primeiro se mantém na tradição; o segundo na indiscrição.

❊

Ter uma pessoa próxima cujas visões *opostas* se aliam a uma amizade profunda e convicta pode ser uma influência maravilhosamente instrutiva. Pois enquanto formos obrigados (como em geral somos em relação aos pais e a outras pessoas mais velhas) a ver o outro sempre como algo falso, mau, hostil, em vez de simplesmente como o outro, não entraremos numa relação tranqüila e justa com o mundo em que todos devem ter lugar: parte e contraparte; eu e o sumamente diferente de mim. E, apenas sob o pressuposto e a admissão de tal mundo completo, poderemos dar um arranjo amplo, espaçoso e arejado ao nosso eu interior, com seus contrastes e contradições internos.

❊

Há um só erro mortal que poderíamos cometer a nós mesmos: prendermo-nos um ao outro, por um instante que fosse.

❊

De ser humano para ser humano é tudo tão difícil e não ensaiado, tão sem modelo e exemplo que deveríamos, em cada relacionamento, viver com total atenção, criativos sempre que se exigir algo novo e houver tarefas e questões e demandas...

❊

Parece-me que resulta em nada senão desordem quando o empenho geral (aliás, uma ilusão!) tem a pretensão de aliviar ou abolir de forma esquemática as dificuldades. Pode ser que isso reduza a liberdade da pessoa muito mais do que o sofrimento propriamente dito, que passa ao indivíduo que nele confia instruções indescritivelmente apropriadas e quase ternas para dele escapar – se não para o exterior, então para o interior. Querer melhorar a situação de alguém pressupõe uma certa compreensão de suas condições, como nem mesmo um poeta a possui a respeito de um personagem de sua própria invenção. Muito menos então a pessoa que pretende ajudar, tão infinitamente excluída e cuja distração se torna total com sua doação. Querer mudar, melhorar a situação de uma pessoa significa oferecer-lhe, no lugar das dificuldades em que ela tem prática e experiência, outras dificuldades que talvez a peguem ainda mais de surpresa.

❧

No fundo, ninguém na vida pode ajudar outra pessoa; em todo conflito e toda confusão é recorrente esta experiência: estamos sozinhos.

Isso não é tão ruim como pode parecer à primeira vista; e também é a melhor coisa da vida o fato de termos tudo em nós mesmos: nosso destino, nosso futuro, nossa inteira vastidão e mundo. No entanto, há momentos em que é difícil estar em nós mesmos e resistir dentro de nosso próprio Eu. Acontece que, justo nos momentos em que devemos nos agarrar a nós mesmos com maior firmeza e – quase seria preciso dizer – com maior obstinação do que nunca, nos ligamos a algo externo, e, durante eventos mais importantes, deslocamos nosso centro para fora de nós mesmos, para algo estranho, para outro ser humano. Isso vai contra os mais básicos princípios de equilíbrio e só pode acarretar dificuldades.

❧

O privilégio de causar alegria é mais raramente concedido do que se pensa, em parte por causa de nossa muitas vezes rígida incapacidade de receber, em parte porque a vagueza e a imprecisão entre as pessoas, o que sempre pode ter sido um obstáculo, aumentaram ainda mais em tempos confusos. Afinal, até mesmo a mais adequada doação ainda exige do receptor uma extrema adaptação. Mas sempre que o doar "está correto", essa conquista também pertence ao movimento natural da pessoa presenteada.

❧

Despedidas são um fardo no sentimento. A distância permanece enfatizada atrás delas, trabalha e cresce e se apodera de tudo o que se tem em comum, que deveria continuar instintivo até mesmo para os que se encontram longe um do outro...

❧

Como é significativo que certas pessoas tenham definido o humano como o geral, como o lugar em que todos se encontram e se reconhecem. É preciso aprender a perceber que é justo o humano que nos faz sozinhos.

❧

Quanto mais humanos nos tornamos, tanto mais diferentes ficamos. É como se de repente os seres se multiplicassem por mil; um nome coletivo, que antes abarcava milhares, logo se tornará muito estreito para dez pessoas, e seremos obrigados a considerar cada indivíduo inteiro. Pense: quando um dia teremos seres humanos, em vez de povos, nações, famílias e sociedades; quando não será mais possível agrupar nem mesmo três pessoas *num só* nome! O mundo então não deverá se tornar maior?

❧

Há muito já sabemos que apenas tentativas puramente honestas e alegres são possíveis de um indivíduo a outro, e que nem mesmo o mais formidável êxito obedece a algum ritmo interno, e que ele nem sequer tem alguma medida. E também não sabemos que as capacidades de uma vida só podem ser testadas dentro dela mesma, de modo que todo ser-lançado-de-volta-sobre-si tem de ser algo natural, necessário? Tornar-se supérfluo em algum lugar significa necessitar apenas de si próprio: quando, de algum modo, exigem de nós um término, isso também significa recebermos uma ordem para um novo começo, que é sempre possível. Que pessoa o recusaria?

SOBRE TRABALHO

Levante-se com alegria em seus dias de trabalho

Talvez criar não seja nada mais do que se lembrar profundamente.

❖

Ah, este anseio de poder começar, e sempre todos estes caminhos obstruídos. O que será do meu trabalho? Toda manhã me levanto para essa espera inútil e angustiante e vou dormir decepcionado, transtornado e vencido por minha incapacidade. Ah, se eu tivesse uma atividade manual, algo cotidiano, algo próximo... e não essa espera por coisas longínquas. Isso é arrogância? Ah, a quem titubeia a vontade, a ele titubeia o mundo.

❖

É a mesma experiência, sempre confirmada e à qual lentamente progredi após uma infância medrosa, melancólica: a de que os reais progressos de minha vida não podem ser trazidos à tona com violência, eles ocorrem em silêncio e me ocupo deles quando trabalho de forma calma e insistente sobre as coisas que, no mais profundo sentido, reconheci serem minhas tarefas.

❖

Devemos mesclar nosso trabalho tão profundamente conosco que os dias úteis por si só resultem em férias, nossas verdadeiras férias.

❦

Antes que tivessem um conhecimento autêntico do trabalho, as pessoas inventaram a distração como um desprendimento e um oposto do falso trabalho. Ah, se tivessem esperado, se tivessem tido um pouco mais de paciência, então o verdadeiro trabalho teria estado um pouco mais a seu alcance, e elas teriam percebido que o trabalho não pode ter um oposto, assim como o mundo não o pode ter, nem deus, nem viva alma. Pois *ele é tudo*, e o que *ele não é* – é nada e lugar nenhum.

❦

Levante-se com alegria em seus dias de trabalho, se você puder. E, se não puder, o que o impede? Há algo pesado no caminho? O que você tem contra o pesado? Que ele possa matá-lo? Então ele é poderoso e forte. Isso você sabe sobre ele. E o que você sabe sobre o leve? Nada. Não temos lembrança alguma do leve. Portanto, mesmo que pudesse escolher, você não deveria realmente escolher o pesado? Você não sente como ele se aparenta com você? ... E você não está em harmonia com a natureza quando faz tal escolha? Você acha que não teria sido mais fácil para a semente permanecer na terra? Não há um leve e um pesado. A própria vida é o pesado. E você não quer viver? Está, portanto, errado, quando chama isso o seu *dever* de assumir o pesado. É o instinto de conservação que o impulsiona a ele. Mas então o que é o dever? O dever é amar o pesado... você tem de estar aí quando ele precisar de você.

❦

O que se escreve quando muito jovem é indiferente, assim como é indiferente o que se assume em outros momentos. As distrações aparentemente mais inúteis podem ser um pretexto para uma concentração interior; podem até mesmo ser aproveitadas de forma instintiva pela natureza para desviar a observação e atenção controladoras de um intelecto curioso para longe dos processos da alma que desejam permanecer não reconhecidos. Pode-se fazer *tudo*: só isso corresponde à amplitude total que a vida tem. Mas é preciso estar certo de que nada é assumido por oposição, por desafio a circunstâncias obstruidoras ou, pensando em outras pessoas, por algum tipo de ambição. Deve-se estar certo de que se age por prazer, força, coragem ou impetuosidade: de que *se deve* agir assim.

❦

Nos céus infinitos do trabalho, esta é a primeira bem-aventurança: que uma coisa experimentada muito antes retorna a nós, para que a possamos compreender e absorver com o amor que, nesse meio-tempo, ficou mais justo. Aí começa a correção das divisões, em que algo do passado retorna como que do futuro; algo realizado como que ainda por finalizar. E essa é a primeira experiência que nos coloca, fora da ordem, naquele lugar de nosso coração que está no espaço sempre eqüidistante de tudo e tem ascensão e ocaso pelo infinito movimento em torno dele...

❦

Com freqüência me pergunto se a realização tem, de fato, algo a ver com os desejos. Sim, enquanto um desejo for fraco, ele será como uma metade e precisará da realização como de outra metade, para ser algo independente. Mas os desejos podem se expandir de forma tão maravilhosa até algo total, cheio, intacto, que não se deixa mais complementar de jeito nenhum, que cresce e se forma e se preenche apenas por si mesmo. Às vezes seria possível pensar que a causa da grandeza e intensidade de uma vida foi justo o fato de ela ter se envolvido com desejos imensos, que do interior impeliram ação após ação, efeito após efeito vida adentro, os quais mal se lembravam dos intentos originais dos desejos. E estes, puramente elementares, como uma forte queda-d'água, transformaram-se em ato e cordialidade, em existência imediata, em otimismo, dependendo de como o acontecimento e a oportunidade os acionaram.

❖

Já me perguntei várias vezes se os dias em que somos obrigados a ser ociosos não são justo os que passamos na mais profunda atividade. E se nossa própria ação, quando vem mais tarde, não é apenas o último eco de um grande movimento que ocorre nos dias inativos.

Em todo caso é muito importante ser ocioso com confiança, com entrega, se possível com alegria. Os dias em que nem mesmo nossas mãos se mexem são tão excepcionalmente silenciosos que mal é possível erguê-las sem ouvir um monte de coisas.

❖

Admitir o que é grande e permitir que ele seja válido não passa de uma intuição; celebrá-lo é uma exuberância, pois ele se encontra em transfiguração e não se deixa ultrapassar. Aplicá-lo às interações humanas é uma sabedoria e um extremo sucesso; mas a tarefa de todas as tarefas é transformar o insignificante em algo grande, o inconspícuo em algo radiante; mostrar um grão de poeira de tal forma que o vejamos contido no todo; de modo que não o possamos ver sem, ao mesmo tempo, ver todas as estrelas e a conexão profunda do céu, à qual ele pertence intimamente.

❖

A meu ver, a disseminada pergunta se alguém "crê em Deus" (como a ouvimos hoje) parece basear-se num falso pressuposto, como se Deus pudesse ser alcançado por meio do esforço e da superação humanos. Cada vez mais o termo *crença* tem adquirido o significado de algo fatigante. De fato, justo no âmbito da confissão cristã, ele assumiu essa conotação em tal grau que é de temer que uma espécie de má-vontade em relação a Deus seja o estado original da alma. Nada poderia ser mais falso. Que cada um se dê conta do momento em que a relação com Deus se originou em arrebatamento indescritível; ou que ele retome, em profunda reflexão, um momento muitas vezes inconspícuo em que, independente das influências de seu entorno, amiúde em oposição a elas, ele foi tomado por Deus. Não será fácil encontrar uma vida em que esse evento, mais cedo ou mais tarde, não tenha se imposto, mas a suavidade dessa imposição é tão extraordinária que a maioria das pessoas, pressionada por realidades mais explícitas, não lhe dá valor algum. Ou pelo menos não ocorre às pessoas que pode se tratar aí de um fato religioso, justo porque já foram educadas para receber estímulos religiosos apenas dentro da convenção geral, não no que elas têm de mais solitário e peculiar. E, exatamente como o desenvolvimento de uma relação com Deus enfrenta o obstáculo da atitude das comunidades e igrejas, que se antecipam à experiência do indivíduo com seus estatutos e promessas e então de fato o desviam das ocasiões pelas quais ele poderia ser religiosamente produtivo – do mesmo modo, quando se trata de sua postura frente à morte, o indivíduo é arrastado pela corrente das convenções e, na maioria das vezes, não é forte o suficiente para permanecer no lugar onde poderia desenvolver suas experiências de morte a ponto de torná-las fatos determinantes de sua vida. A questão sobre uma "vida após a morte" perde todo sentido tão logo tenhamos de admitir que o que resumimos sob o nome "vida" corresponde tão-somente a fenômenos do aqui e agora, ligados a esse "agora" e aos nossos sentidos de sua percepção em tal medida que, para qualquer "outra" vida, teríamos de igualmente encontrar uma designação totalmente outra. Essa designação é dada, sem mais, com o conceito "morte", sob o qual, sem impertinência e curiosidade, podemos supor tudo o que está fora de nossa existência terrena. Ao longo do tempo, sempre houve aqueles que pensavam estar providos de provas suficientes de que essa assim chamada morte significa um fim, um estado de decadência e rigorosa demolição de tudo o que é vivo, mas a opinião totalmente oposta também sempre encontrou representantes e defensores – de fato, foi-se tão longe a ponto de declarar a morte um grau mais intenso da vida e alegar sua imobilidade justo como uma prova da maior intensidade de vibração a que ela, mais viva portanto do que nós, está sujeita. Uma primeira impressão não negaria isso, pois nós, para citar um exemplo, sentimos o movimento de um trem expresso ainda com o corpo todo, ao passo que, segundo nossa experiência, teríamos de interpretar a velocidade monstruosamente maior da Terra como um estado de repouso.

Para mim mesmo (já que você pergunta) pareceu provável desde a juventude que a morte é nada menos do que o oposto e a refutação da vida; minha tendência sempre foi mais torná-la o centro da vida, como se fôssemos abrigados e conservados nela como na mais grandiosa e profunda intimidade. Não posso dizer que alguma experiência tenha contestado essa suposição em mim; mas, por outro lado, eu também sempre me proibi imaginar de algum modo esse estar-na-morte; todas as descrições existentes de um "além" também sempre encontraram minha total indiferença. As tarefas de nossa vida terrena são tão numerosas; e os milênios de humanidade, tão longe de vencê-las, parecem estar presos ainda, por assim dizer, nas primeiras descobertas. De onde, então, sob essas circunstâncias, poderíamos obter o direito de querer adivinhar um estado futuro, em vez de nos voltarmos, com total disposição, àquele que nos é imposto por um prazo tão curto? Não quero dizer com isso que devemos ignorar os mistérios que nos rodeiam, mas deveríamos considerar nossa tarefa relacioná-los com nossa situação atual e não renunciar levianamente a um ponto de vista em que se reúnem todas as prerrogativas que por enquanto nos foram concedidas. Não sabemos ainda quão longe podemos ir a partir daqui, mas nossa tensão decerto cresce na mesma medida em que nos fixamos aqui.

❧

Quando entrei em sua loja em Winterhur pela primeira vez, senti muito nitidamente, mas não podia ainda exprimir o que de novo me comove na leitura desse livro [a história de uma empresa comercial exportadora suíça]: a idéia do comércio em sua pureza e imediatismo humanos. Essa linguagem dos continentes entre si, cujos portadores são as coisas que usamos e estimamos; esses materiais e o que pode ser extraído e derivado deles de maneira cuidadosa. E como essa idéia, atravessando a infinita aplicação e inevitável complicação ao longo dos séculos, não perdeu nada de sua originalidade e jovialidade: como o encanto do que é estranho e remoto continua atuante nela, a cordial curiosidade na alegria da troca e o espanto inesgotável de achar um produto trazido de longe tão diferente, tão essencialmente precioso, tão puro em sua estrutura, tão uno com seu perfume. E também *esta* alegria: dar por ele alguma coisa nativa que, de acordo com seu clima, pareça mais básica e inconspícua...

❧

Que alguém cante enquanto trabalha no lugar a ele destinado, seja atrás de uma máquina ou no arado (o que seria uma situação bastante privilegiada!), não tem evidentemente nada de errado; por outro lado, seria falso invocar constantemente as profissões para desalojar o escritor artístico (evito a abominável expressão "autor de ficção") do seu ofício. Ninguém pensaria em empurrar um cordoeiro, um carpinteiro e um sapateiro de sua atividade manual "para dentro da vida", a fim de que eles se tornassem melhores cordoeiros, carpinteiros e sapateiros. Também seria melhor deixar o músico, o pintor, o escultor trabalhar como devem. Apenas no caso do escritor, a atividade parece tão insignificante, tão *lograda* desde o início (qualquer um pode escrever) que algumas pessoas pensam que quem se ocupa dela cairia imediatamente num jogo vazio, se fosse deixado sozinho com seu ofício! Mas que equívoco! Saber escrever é igualmente um "artesanato difícil", tanto mais quanto o material das outras artes foi, desde o início, apartado do uso diário, enquanto a tarefa do poeta se intensifica com o dever solitário de distinguir de forma completa e essencial *sua* palavra das palavras empregadas na troca e na comunicação simples. Na poesia, *nenhuma* palavra (refiro-me aqui a todo "e" ou "o", "a", "isso") é *idêntica* às palavras homófonas na conversação. A regularidade mais pura, a grande relação, a constelação que ela assume no verso ou na prosa artística modificam-na até o cerne de sua natureza, tornam-na inútil, imprestável para a mera troca, intocável e duradoura.

※

A arte vai contra a natureza: é a inversão apaixonada do mundo, o caminho de retorno desde o infinito, onde todas as coisas honestas saem ao nosso encontro. Agora, em tal caminho, nós as vemos em sua forma total, seu rosto se aproxima, seu movimento ganha detalhes – mas quem somos nós para termos *permissão* de prosseguir nessa direção rumo a todas elas, nesse regresso eterno com que nós as iludimos ao fazê-las acreditar que já chegamos a algum lugar, a algum destino e agora temos folga para voltar?

❧

Lugares, paisagens, animais, coisas: na realidade, tudo isso nada sabe de nós – nós o atravessamos como uma imagem atravessa o espelho. Nós atravessamos: essa é toda nossa relação, e o mundo está fechado como uma imagem, não entramos em lugar algum. Mas é justo por essa razão que tudo isso nos ajuda tanto: a paisagem, essa árvore folheada pelo vento, essa coisa rodeada pela tarde e ocupada consigo mesma, como todas as coisas – porque não podemos arrastar nada disso conosco para nossa incerteza, nosso perigo, nosso coração não esclarecido; é por essa razão que tudo isso nos ajuda. E você nunca notou que essa é a mágica de toda arte, sua monstruosa e heróica força: que ela nos toma por essa dimensão, a mais estranha, e a torna em nós e nós nela, põe nosso sofrimento nas coisas e lança a inconsciência e inocência das coisas em nosso interior a partir de espelhos rapidamente virados?

❧

A fama é apenas a soma de todos os mal-entendidos que se reúnem em torno de um novo nome... Sempre que algo humano se torna verdadeiramente grande, ele deseja esconder seu rosto no colo da grandeza geral, sem nome.

❧

A fama hoje, numa época em que tudo é operado de modo mecânico, está bem longe de resultar em sossego. Ao contrário, quando posta em movimento, ela cria o barulho de uma imensa gráfica onde é impossível ouvirmos nossas próprias palavras sobre as mil rodas da fama e correias da fama, e cada um que entra e se dirige à pessoa envolvida em suas teias descobre-se, no fim, também acoplado à máquina e contribui para manter seu comportamento e seu rugido monstruosos. A fama deve ser rápida numa época em que seu resultado se desgasta em tão pouco tempo; até mesmo os mais jovens indivíduos vivem entre esses motores da fama montados a seu redor por um editor e alguns amigos. É quase raro deparar com uma pessoa seriamente produtiva que permanece em sua própria quietude ou simplesmente no meio de sua melodia, ao lado da pulsação honesta de seu coração!

❧

Você sabe que o inexorável deve estar presente [na poesia] em nome de nossos maiores desejos, e que a beleza se torna rala e insignificante quando buscada apenas no que é agradável. Ocasionalmente ela se move aí, mas reside e está desperta dentro de cada coisa e se fecha e emerge apenas para quem crê em sua presença em toda parte e não avança a lugar algum antes de obstinadamente conjura-lá para fora.

❧

Ninguém é capaz de extrair tanta beleza de si mesmo a ponto de ser totalmente encoberto por ela. Uma parte de seu ser sempre se deixa entrever por trás dela. Mas, em tempos de ápice de arte, os indivíduos construíram, além da beleza, tanta herança nobre, que a obra não necessita mais deles. A curiosidade e os costumes do público procuram e encontram sua personalidade, mas não há necessidade alguma dela. Em tais tempos há uma arte, mas nenhum artista.

Sobre dificuldade e adversidade

A medida pela qual conhecemos nossa força

A falha não deve ser uma decepção para aqueles que aceitam os desafios mais extremos e não se fixam no que é modestamente proporcional: ela é a régua graduada de nossos empreendimentos e não deve ser referida aos nossos sentimentos, nem usada como prova contra nossa realização, que afinal se compõe incessantemente de mil recomeços.

❊

Ao que parece, o poder de estabelecer ordem, que está entre as forças mais inexoráveis da criação artística, é evocado mais insistentemente por dois estados interiores: por nossa consciência da abundância e pelo total colapso dentro de um ser humano, que acaba gerando outra abundância.

❊

Uma apatia dessas, que adentra até mesmo as emoções, é um refúgio e uma fuga da natureza, é seu meio violento de ser deixada em paz.

❊

A experiência de uma frustração é decerto confrontada pela experiência de algo inesperadamente cumprido.

❊

Mas nunca se sabe a respeito de uma pessoa se ela subitamente, apesar de si mesma, não descobre o ponto a partir do qual pode se recompor numa unidade de novo ordenada. De fato a "tarefa" sempre está aí, para que nós, corrompidos por nomes, às vezes não a reconheçamos em seu anonimato.

❖

Percebo com um senso de horror que ficamos insensíveis em relação até mesmo às coisas mais maravilhosas quando elas se tornam parte das interações e dos ambientes diários.

❖

Isso não quer dizer que deveríamos atenuar algo difícil ou tomá-lo menos a peito, para que possa ser corretamente assimilado: ao contrário, quanto mais completa é nossa experiência de algo pesado, tanto mais ele nos puxa e nos impele com seu peso para o centro da vida, cuja gravitação possui uma orientação tão centrípeta que apenas aqueles que se fazem artificialmente leves podem se alienar dele. Por mais que fiquemos horrorizados com nosso desligamento do que é confiável ou familiar ou amado – que se chama erro, alegria ou separação –, o que em última análise experimentamos (contanto que lancemos mão da mais longa paciência) é uma *inserção no todo* tão completa, tão inabalável, até mesmo sublime que qualquer perda ou fuga dela parece apenas uma leve ilusão sensorial. E muitas dessas ilusões, tomadas em conjunto, constituem aquela realidade provisória que nós, apenas pouco a pouco, substituímos pelas verdadeiras realidades de nossas relações maiores.

❖

Toda a miséria está sempre presente, assim como todo o sofrimento, incluindo os mais extremos. Dizemos a nós mesmos, toda a miséria e toda a necessidade estão sempre aí, atuando entre os homens, e tanto isso é uma constante como a que se refere à felicidade. Apenas varia a distribuição.

❦

Na vida, sempre é possível despertar mais uma vez o senso de um começo para nós. Para isso são necessárias tão poucas mudanças externas, pois realmente mudamos o mundo a partir de nosso coração. Se ele apenas desejar ser novo e imensurável, o mundo será imediatamente o mesmo do dia de sua criação e infinito.

❦

Esse "levar a vida a sério demais" que enche meus livros – não é nenhuma melancolia (e esse "terrível" e aquele "consolador" que você, causando-me grande comoção, admitiu, serão aproximados cada vez mais um do outro nesses livros, até que por fim se tornem *Um* neles, seu único conteúdo essencial) – esse "levar a sério" não pretende ser nada mais, certo?, que levar segundo o peso verdadeiro, ou seja, uma verdadeira percepção da realidade, um esforço de pesar as coisas com o quilate do coração, e não com suspeita, sorte ou acaso. Nenhuma recusa, certo?!, *nenhuma recusa*; oh, ao contrário, quanta infinita afirmação e sempre mais afirmação à existência!

❦

Em algum ponto no espaço deve haver lugares nos quais até o monstruoso ainda aparece como natureza, como um dos abalos rítmicos do universo, que está assegurado em seu ser, mesmo onde sucumbimos.

❦

Jamais devemos nos desesperar ao perder alguma coisa, seja uma pessoa, uma alegria ou uma felicidade; tudo retorna ainda mais magnífico. O que *deve* cair, cai; o que nos pertence permanece conosco, pois tudo ocorre segundo leis que são maiores do que nossa compreensão e com as quais estamos em contradição apenas aparentemente. Devemos viver em nós mesmos e pensar na vida *inteira*, em todos os seus milhões de possibilidades, vastidões e futuros, diante dos quais não há nada de passado e perdido.

❧

Sem dúvida, o consolo mais divino está contido no próprio humano. Não saberíamos muito bem o que fazer com o consolo de um deus. Ao contrário, basta apenas que nossos olhos sejam um pouquinho mais contempladores, nossas orelhas mais receptivas, que o sabor de uma fruta entre em nós mais completamente, que toleremos mais cheiro e que no tocar e no sermos tocados tenhamos mais presença de espírito e menos esquecimento – para imediatamente recebermos de nossas próximas experiências consolos que seriam mais convincentes, preponderantes e verdadeiros do que todo sofrimento que possa um dia nos abalar.

❧

É desanimador pensar no *tipo* de coisas para as quais as pessoas se voltam na curiosidade impotente e desorientada que têm a respeito de si mesmas! Em especial quando é desse não-sabermos-de-nós que brotam todas as nossas fontes.

❧

Pergunto: há circunstâncias do coração que encerram o que há de mais cruel em nome da completude, porque o mundo só é mundo quando *tudo* acontece dentro dele?

❧

Como toda criatura, de certo modo, depara apenas com *aquela* dificuldade que está no nível de suas forças, ainda que ela muitas vezes as exceda amplamente!

Nós, contudo, que estamos na interseção de tantos entornos diferentes e contraditórios entre si, chegamos à situação de ser subitamente assaltados por uma dificuldade que não tem nada a ver com nossa habilidade e sua prática: uma dificuldade estranha.

(Quando se exigiria do cisne uma das provações do leão? Como é que uma parte do destino do peixe entraria na composição do morcego, ou o pavor de um cavalo numa cobra em processo de digestão?)

❧

O sofrimento que define a existência da humanidade desde os primórdios não pode, na verdade, ser intensificado por fator algum. Mas com certeza é possível intensificar a compreensão do indizível sofrimento humano, e talvez tudo isso resulte tanto em declínio quanto em novos começos, que procuram distância e espaço para ocorrer.

❧

Isto continua parecendo para mim a maior maravilha da vida: muitas vezes uma intervenção tosca e grosseira, uma flagrante perturbação podem se tornar um ensejo para estabelecer uma nova ordem em nós. Este é, de fato, o feito mais sublime de nossa vitalidade: ela interpreta o mal como bem e de fato inverte os dois. Sem esse feitiço seríamos todos maus, pois o mal se acerca de todos nós e nos invade, e poderíamos ser surpreendidos num momento em que somos "maus"; só que não ficamos parados no mesmo ponto, *esse* é o segredo, continuamos *vivendo*. Nada é mais insustentável do que aquilo que é mau. Por isso, nenhuma pessoa deveria pensar que "é" má; basta que ela se mova e já não o é.

❧

Em que horrível estado se encontram *aqueles* que buscam ter uma vivência. Por que o fazem? Porque não conseguiram suportar as primeiras vivências, e mais tarde a terceira e a quarta, e foram incapazes de assimilá-las pela dissolução: é por isso que continuam à caça de um tipo de vivência. E realmente é uma graça de Deus se permanecem apenas caçadores e cada nova presa escapa deles.

❧

E, no entanto, não é isso a vida? Eis o que penso: que de tantos detalhes medíocres, medrosos, mesquinhos e vergonhosos compõe-se, no fim, um todo grandioso, que não existiria se o compreendêssemos e o atingíssemos, mas do qual participamos em igual e vasta medida com nossas habilidades e nossos fracassos.

❧

"Quem revoga o júbilo?", escrevi certa vez num poema esquecido. De fato, o júbilo não é revogável. Um coração que foi uma vez capacitado a experimentar essa intensidade, que é a mais interna da vida – não apenas da vida no assim chamado aqui, mas provavelmente de todo ser em geral –, tal coração deve se considerar cumprido e privilegiado, mesmo que o indivíduo que tivesse o direito de receber as provas dessa intensidade vire as costas. (Ele mesmo perde algo infinito por estar, por alguma razão, impedido de sempre evocar tais provas de novo.) Falando na linguagem de hoje: talvez se deva chamar tal coração de "infeliz" e este ainda terá, involuntariamente, no que quer que se envolva, um efeito que corresponde à sua condição superior verdadeira, da qual ele não pode mais decair.

❧

E, enquanto considerava todas as perturbações que os anos funestos [de guerra] causaram aos outros e a mim, surgiu-me também algo que parece ser uma resposta válida à pergunta relativa às célebres "dificuldades" que as pessoas tendem com tanta freqüência a apresentar como educativas e proveitosas. Penso que deveria haver uma grande, poderosa oração com *uma única* súplica: que cada um encontre em seu caminho apenas *a sua* dificuldade; quero dizer, *aquilo* que pelo menos está em certa proporção com as tarefas compreendidas e apaixonadamente aceitas em sua vida – isso poderia então ser grande, até extraordinariamente potente; poderia mesmo ser fatal. Pois quem, tão logo assuma uma luta genuína, não tem também a tácita e sagrada felicidade de sucumbir nela..., mas *dentro* dela, não fora, não numa região onde o que essa pessoa tem de melhor, de mais sério, mais exercitado, onde suas forças, seu julgamento, sua experiência desenvolvida parecem paralisados ou simplesmente não podem ser levados em consideração. Essa pergunta não deve ser efetivamente respondida *assim*? Especialmente quando se pensa no artista, cujas tarefas o excedem total e inalcançavelmente no terreno que lhe é o mais próprio. *A ele*, sobre todos os outros, seria de desejar e conceder que se confrontasse (se possível, desde a juventude) apenas com *suas* dificuldades!

❧

As cordas do lamento só podem ser usadas detalhadamente quando se está resolvido a também executar nelas, num momento posterior e com seus recursos, todo o júbilo que cresce por trás de tudo que é difícil, doloroso e foi padecido e sem o qual as vozes não estão completas.

❧

O pesado e difícil, contanto que o carreguemos corretamente, também indica o peso específico da vida e nos ensina a conhecer a unidade de medida de nossas forças, com a qual daí em diante também podemos contar quando nos sentirmos felizes e bem-aventurados.

❖

Nunca deixa de ser desconcertante que tanta dificuldade e tanto mal se originem nas distorções e paralisias realmente supérfluas e desnecessárias da existência, que, desde tempos imemoriais, brotaram da invigilância, da indolência e da estreiteza das circunstâncias humanas e se propagaram, acumulando-se sobre a verdadeira alegria de viver. Vivemos sob os escombros de instituições há muito caídas em ruínas, e, sempre que conseguimos uma rota de escape, encontramos, é verdade, o céu puro acima de nós, mas nenhuma ordem ao nosso redor e, aí sim, ficamos mais isolados e diariamente ameaçados pelo perigo de novos colapsos insuspeitados. Às vezes, não posso ver várias pessoas reunidas, que nem são as mais estranhas e indiferentes para mim, sem perceber com o mais interno horror como se equivocam: quando, por puro constrangimento, em razão da estranheza mútua e do silêncio (considerado descortês), põem-se a falar e de fato encontram por horas a fio palavras, feixes inteiros de palavras que soam como se tivessem sido compradas barato em leilão; como então o tempo passa: e, no entanto, essa noite é uma hora de suas vidas, uma hora irrecuperável. E, no entanto, lá está uma noite sublime à sua volta, que deveria induzir a grandes pensamentos e vastos sentimentos cada um que ergue um olhar puro. E, no entanto, todas elas têm uma noite diante de si, que as assombrará com o interior não dominado de si mesmas, que impelirá, para perto de cada uma, seus desastres dos quais elas desviam o olhar, suas dívidas que não ressarcem, suas aflições inconfessas. Uma noite em que cada indivíduo é, ainda mais do que nunca, propriedade e brinquedo de sua morte, essa morte que ele abomina e nega perante seu próprio sangue que corre num doce e íntimo acordo com ela...

❖

Entre solitários, não há um único que possa estar certo de que em seu sofrimento não possa ainda consolar o outro, de que os gestos de sua perplexidade mais pessoal, dando sinais e acenos, não prolonguem seu efeito até o reino do insondável.

Sobre infância e educação

O prazer da descoberta diária

A infância – o que ela realmente foi? O que *foi* ela, a infância? Não se pode indagar sobre ela senão com essa atônita pergunta – o que foi ela? Aquele arder, aquele espantar-se, aquele contínuo não-poder-fazer-de-outro-modo, aquele doce, profundo, irradiante sentir-as-lágrimas-aflorarem? O que foi isso?

❖

A maioria das pessoas absolutamente não sabe como o mundo é belo e quanto esplendor se revela nas menores coisas, em alguma flor, uma pedra, uma casca de árvore ou uma folha de bétula. Os adultos, que têm negócios e preocupações e se atormentam com puras mesquinharias, aos poucos perdem totalmente o olhar para essas riquezas, que as crianças, se boas e atentas, logo notam e amam de todo o coração. E, contudo, seria a coisa mais sublime se quanto a isso todo mundo permanecesse sempre como crianças boas e atentas, ingênuas e pias no sentimento, e não perdesse a capacidade de se alegrar de modo tão intenso com uma folha de bétula ou uma pena de pavão ou a asa de uma gralha-cinzenta como com uma cordilheira ou um palácio suntuoso. O pequeno não é pequeno, tal como o grande não é grande. Uma beleza grande e eterna atravessa o mundo todo e se distribui de modo justo sobre as coisas pequenas e grandes, pois, no que é importante e essencial, não há injustiça em lugar algum sobre a Terra.

❖

Arte é infância.

❖

De fato não há modo mais belo de testar a verdadeira vitalidade do que reconhecer e agarrar a alegria, sem exagero, com a força da própria alegria, e apreender com sua própria medida o que alguns dias têm de perfeito e amoroso: afinal, uma criança não faz nada senão isso, e estamos sempre o mais perto do centro da vida, onde, com nossos meios, mais nos assemelhamos à criança.

❖

Por quê, meu Deus, alguém passa a vida de acordo com costumes que nos envolvem como um traje apertado e nos impedem de alcançar a alma invisível, essa dançarina entre os astros?

❖

Não tomamos posse da vida por meio da "educação", mas diretamente onde haja devoção, reverência, uma resolução alegre e um coração magnânimo. Esta é a questão: seu coração anseia por *uma só* coisa? E essa coisa é o teatro em seu significado maior e mais nobre? E você pertence a esse coração, que se levantou para *uma só* coisa, por toda a vida e até a morte? Ou você também pertence a outros objetos e desejos e intenções? Aqui, agora, examine-se.

❖

Penso sempre que já aliviamos muitas coisas para nossas crianças ou até mesmo as poupamos de muitas coisas, e isso totalmente sem mérito nosso, simplesmente porque certos fatos, originários de descobertas psicológicas, quer saibamos deles quer não, tornaram-se realidade espontânea em nós. E agimos muito mais guiados por eles do que por princípios e moralidades que possam ainda se prender a nós e que julgamos necessário manter por causa de nossa obrigação "profissional" como pais, por assim dizer...

❧

Ter infância significa viver mil vidas diante do Um.

❧

A infância é um país independente de tudo. É um país em que há reis. Por que ir para o exílio? Por que não envelhecer e amadurecer nesse país?... Para que se habituar àquilo em que os *outros* acreditam? Isso porventura tem mais verdade do que aquilo em que se crê com a primeira e forte confiança infantil? Ainda consigo me lembrar... cada coisa tinha um significado especial, e era coisa que não acabava mais. E nenhuma tinha mais valor do que a outra. A justiça pairava sobre elas. Cada coisa podia uma vez parecer a única, podia ser destino: uma ave que vinha voando pela noite e agora, preta e séria, pousava na minha árvore favorita; uma chuva de verão que transformava o jardim, de modo que todo o verde adquiria um tom mais escuro e brilho; um livro que guardava uma flor entre suas folhas, sabe Deus de quem; um seixo de forma estranha, interpretável: tudo era como se soubéssemos muito mais sobre isso do que as pessoas grandes. Parecia que a gente podia ficar feliz e grande com cada coisa, mas também que podia morrer em cada coisa...

❧

De fato é assim: cada um, nas profundezas de seu interior, é como uma igreja, e as paredes estão adornadas com solenes afrescos. Na primeira infância, em que o esplendor ainda está exposto, é muito escuro lá dentro para ver as imagens, e, quando o salão aos poucos vai ganhando luz, vêm as loucuras adolescentes, os falsos anseios e a vergonha sedenta e cobrem de cal parede após parede. E algumas pessoas avançam longe vida adentro e a atravessam sem suspeitar do antigo esplendor sob a sóbria pobreza. Mas bem-aventurado aquele que o sente, encontra-o e secretamente o desvela. Ele se dá um presente. E volta ao lar em si mesmo.

❦

Os pais jamais deveriam querer nos ensinar a vida, pois eles nos ensinam a vida *deles*.

❦

À luz das circunstâncias atuais, pode-se dizer com tranqüilidade que tanto os bons como os maus pais, tanto as boas como as más escolas, estão errados em relação à criança. No fundo, eles compreendem mal a criança, partem de um falso pressuposto, o do adulto, que se sente superior à criança, em vez de reconhecerem que a tentativa dos maiores indivíduos foi, em certos momentos, de serem iguais à criança e terem seus valores.

❦

Oh, se nossos pais tivessem nascido conosco, quanta jornada de retorno e amargura nos seria poupada. Mas os pais e as crianças sempre poderão andar apenas lado a lado, não uns com os outros; há um profundo abismo entre eles, através do qual, de tempos em tempos, um pequeno amor pode passar.

❦

Cada pessoa deveria ser conduzida *apenas* até o ponto em que é capaz de pensar sozinha, trabalhar sozinha, aprender sozinha. Apenas pouquíssimas grandes verdades podem-se pronunciar na frente de um grupo de indivíduos sem ferir alguém entre eles: são esses os únicos assuntos para a escola. A escola deveria contar, sobretudo, com indivíduos, não com classes: a vida e a morte e o destino também são feitos, em última análise, para indivíduos. E a escola tem de estabelecer uma relação com tudo isso, com os grandes eventos reais, para se tornar viva de novo.

❦

Quantas crianças a quem mais tarde a existência poderia se revelar rica e total não obtiveram, por uma razão ou outra, *mais* do que a "pura vida". Não é a pior coisa receber apenas isso e então ser exposto entre as pessoas: seres fortes, diligentes, até mesmo grandes prosperaram em meio a essa desproteção, a qual, se alguém procura algum consolo, tem uma relação mais imediata com a vida do que uma proteção que se julga dona da verdade e na qual a maioria das crianças "resguardadas" acaba crescendo pobre e limitada!

❦

Todo período histórico tem um desejo ardente por indivíduos ilustres e diferentes, pois eles sempre trazem consigo o futuro. Mas, quando se manifesta na criança, a individualidade é tratada com desprezo ou subestimação ou talvez – o que é a coisa mais dolorosa para a criança – com sarcasmo. Lida-se com elas como se não tivessem nada de próprio, e as profundas riquezas das quais elas vivem lhes são desvalorizadas e substituídas por lugares-comuns. Mesmo quando não se é mais assim em relação aos adultos, em relação às crianças continua havendo intolerância e impaciência. O direito de ter opinião própria que naturalmente se concede a todo adulto é negado a elas. Toda a educação contemporânea consiste numa luta incessante com a criança, em que por fim ambas as partes acabam recorrendo aos meios mais censuráveis. E as escolas apenas dão continuidade ao que os pais começaram. Ela é uma luta sistemática contra a personalidade. Ela despreza o indivíduo, seus desejos e anseios, e considera tarefa sua empurrar esse indivíduo para baixo, para o nível das massas. Basta ler as biografias de todas as pessoas grandiosas; elas se tornaram grandiosas sempre *apesar da* escola, não por causa dela.

❧

Por mais estranho que isso possa soar nas circunstâncias atuais, na escola a vida deve se transformar; pois se há um lugar em que ela deveria se tornar mais vasta, profunda, humana, esse lugar tem de ser a escola. Mais tarde, ela se enrijece rapidamente em profissões e destino, não tem mais tempo de mudar, tem de atuar como é. Na escola, porém, há tempo e silêncio e espaço; tempo para todo desenvolvimento, silêncio para toda voz, espaço para a vida inteira e todos os seus valores e coisas.

Uma série de erros indizíveis transformou a escola no oposto: cada vez mais a vida e a realidade são expulsas dela. Supunha-se que a escola devia ser apenas escola; a vida era algo totalmente diferente. Esta devia vir apenas mais tarde, depois da escola, e ser algo para adultos. (Como se as crianças não vivessem, não estivessem no meio da vida.)

Por esse estrangulamento inconcebível, antinatural, a escola definhou. Como lhe faltou o movimento da vida, todo o seu conteúdo se petrificou em torrões frios.

❧

Todo saber que a escola precisa oferecer deve ser dado com afeto e generosidade, sem restrição e reservas, sem intenção e por um indivíduo apaixonado. Nela, todas as disciplinas deveriam tratar da vida, como o único tema que está por trás de todos os outros. Então, todas elas, em seus limites mais externos, nunca cessariam de tocar os grandes contextos que geram religião inesgotavelmente.

❧

As crianças suportam os mais violentos distúrbios incrivelmente. Isso não é porque elas vivem num estado sem expectativa e suspeita e não sabem que *podem* subitamente irromper transformações?

❖

Eu gostaria de acreditar que crianças muito pequenas têm uma experiência de si mesmas em intensidades colossais de prazer, dor e sono. Mais tarde, então, há momentos em que sentir uma dor corporal é, de certo modo, o único exemplo de intensidade que resta em nós, tão dispersa que é a vida ao lidar conosco.

❖

As crianças *repousam* no amor (tive algum dia tal permissão?), mas elas também são puras no estado da ilusão de que é possível pertencer a alguém. E, quando dizem "meu", não têm nenhuma pretensão de possuir, apertam contra si e soltam, ou quando realmente seguram, aí é Deus – com quem ainda estão obscuramente ligadas – que puxa as outras pessoas para perto dele com esses braços inocentemente abertos.

❖

Isto é ser jovem: essa sólida confiança nas mais lindas surpresas, esse prazer da descoberta diária...

❖

Pense: a infância não é difícil em todos os seus contextos inexplicados? Não são difíceis os anos de menina – tal como cabelos longos e pesados, eles não puxam a cabeça para o abismo de grande tristeza? E isso não *deve* mudar; se, para muitos, a vida de repente se torna mais fácil, mais despreocupada e mais alegre, isso é porque eles pararam de levá-la a sério, de carregá-la realmente e de senti-la e preenchê-la com seu ser mais autêntico. Isso não é progresso no sentido da vida. Isso é uma renúncia a todas as suas vastidões e possibilidades. O que se exige de nós é que *amemos as coisas difíceis* e aprendamos a lidar com elas. Na dificuldade estão as forças amigas, as mãos que trabalham sobre nós. No meio da dificuldade, deveremos ter nossas alegrias, nossa felicidade, nossos sonhos: aí, diante da profundeza desse pano de fundo, eles se erguem, e só então vemos como são belos. E só na escuridão da dificuldade nosso precioso sorriso ganha sentido; só então ele brilha com sua luz profunda, sonhadora, e, na luminosidade que ele por um momento espalha, vemos as maravilhas e os tesouros que nos cercam.

❖

Exagerando um pouco, gostaria de dizer que nós não *somos*; nós continuamente nos construímos de novo e de forma diferente no ponto de interseção de todas as influências que adentram a esfera de nossa existência.

❖

Tão cheio como o mundo é, por fora e por dentro, daquilo que é sempre o mais imediato, não há nenhuma possibilidade de recuperar o que se perdeu.

SOBRE NATUREZA

Ela não sabe nada de nós

É difícil viver neste mundo porque há pouco amor entre natureza e homem e entre homem e Deus. O homem não precisa amar nem a natureza nem Deus – mas deve se comportar em relação a Ele do mesmo modo que a natureza o faz.

❖

Brincamos com forças obscuras que não podem ser capturadas com os nomes que lhes damos, como crianças brincando com fogo, e por um momento é como se toda a energia tivesse permanecido dormente em todos os objetos até agora, até que chegamos para aplicá-la em nossa vida fugaz e suas exigências. Mas, repetidas vezes ao longo de milênios, essas forças livram-se de seus nomes e se erguem como uma classe oprimida contra seus pequenos senhores, ou nem mesmo *contra* eles – elas simplesmente se erguem, e as diversas culturas deslizam dos ombros da Terra, que se torna de novo grande e vasta e sozinha com seus oceanos, árvores e estrelas.

O que significa o fato de transformarmos a superfície mais externa da Terra, embelezarmos as florestas e prados e extrairmos carvão e minerais de sua crosta, de recebermos os frutos das árvores como se fossem destinados a nós, se nos lembrarmos ao menos de uma única hora em que a natureza agiu além de nós, além de nossas esperanças, além de nossa vida, com essa sublime nobreza e indiferença que preenchem todos os seus gestos? Ela não sabe nada de nós. E, não importa o que os seres humanos tenham realizado, não há um deles que tenha alcançado tamanha grandeza a ponto de a natureza dividir com ele sua dor ou unir-se a ele em seu júbilo. Por vezes, a natureza acompanhou momentos grandiosos e eternos da história com sua música potente, atroadora, ou os ventos pareceram parar na iminência de uma decisão, toda a natureza quieta, com a respiração em suspenso, ou ela rodeava um instante de felicidade social inofensiva com florações ondulantes, borboletas voando de um lado ao outro, ventos saltitantes – mas apenas para se desviar no momento seguinte e abandonar aquele com que, havia pouco, parecia compartilhar tudo.

❖

O mais extremo e profundo de que as grandes coisas da arte são feitas está em toda a natureza; ele cresce com todos os campos, todas as cotovias sabem disso, e nada senão *ele* faz as árvores florescerem. Mas ele está oculto (enquanto nos objetos de arte ele é erguido em silêncio absoluto – como um ostensório), está disseminado e quase perdido (enquanto as coisas da arte o contêm: reunido, reencontrado, para sempre preservado). E o caminho de nosso desenvolvimento, um caminho difícil, árduo, obstruído por centenas de circunstâncias, é também reconhecer o grande, o espiritualmente necessário, o infinito, enfim, onde o mais extremo e profundo não pode ser capturado por um olhar, onde é quase impossível agarrá-lo, a não ser por um trabalho de gata borralheira. A vida é severa e madrasta como a rainha má do conto de fadas; mas ao mesmo tempo não faltam a ela as forças amáveis e diligentes que acabam por realizar – para quem é bom e paciente – o trabalho de fazer sozinho.

❖

O que sentimos como primavera, Deus o vê como um sorriso fugidio, pequeno, que passa sobre a Terra. A Terra parece se lembrar de alguma coisa, que no verão ela conta para todo mundo, até que se torna mais sábia no grande silêncio outonal com que ela faz confidências aos solitários. Todas as primaveras que você e eu já vivemos, reunidas, ainda não bastam para encher um segundo de Deus. A primavera que Deus nota não deve ficar apenas nas árvores e nos prados, mas precisa, de alguma maneira, tornar-se potente nas pessoas, pois então ela ocorre, por assim dizer, não no tempo, mas na eternidade e na presença de Deus.

Sobre solidão

Os mais solitários são, precisamente, os que mais contribuem para a coletividade

Na minha infância, quando todos sempre me tratavam mal, e eu me sentia infinitamente abandonado, tão completamente perdido no desconhecido, pode ter havido um momento em que desejei muito ir para outro lugar. Mas então, enquanto as pessoas continuavam estranhas a mim, eu me dirigi às coisas e delas soprou uma alegria, uma alegria de ser, que sempre permaneceu uniformemente serena e forte e jamais comportou uma hesitação ou uma dúvida. Na escola militar, após longas e inquietas lutas, abandonei minha intensa piedade de criança católica, livrei-me dela, para ser ainda mais sozinho, ainda mais inconsolavelmente sozinho. Das coisas, porém, e sua maneira de tolerar e durar pacientemente, veio mais tarde para mim um novo amor, maior e mais pio, um tipo de crença que não conhece medo nem limites. A vida também é uma parte dessa crença. Oh, como creio nela, na vida. Não a vida constituída pelo tempo, mas essa outra vida, a vida das pequenas coisas, a vida dos animais e das grandes planícies. Essa vida que dura através dos milênios, aparentemente sem participação e, contudo, no equilíbrio de suas forças, cheia de movimento e crescimento e calor. Por isso as cidades pesam tanto sobre mim. Por isso amo percorrer longos caminhos descalço, para não perder nenhum grão de areia e dar ao meu corpo o mundo inteiro em múltiplas formas como sensação, acontecimento e afinidade. Por isso vivo, quando possível, de verduras, para estar perto da consciência simples da vida, não intensificada por nada de estranho; por isso não bebo vinho, pois quero que apenas meus sucos falem e rumorejem e tenham bem-aventurança, como nas crianças e nos animais, da profundeza de si mesmos! E por isso quero despir de mim toda arrogância, não me alçar acima do mais ínfimo animal e não me considerar mais magnífico do que uma pedra. Mas ser o que eu sou, viver o que me foi destinado viver, querer soar o que ninguém mais pode soar, brotar as flores ditadas ao meu coração: é isso o que quero – e isso decerto *não pode* ser arrogância.

❧

Não importa se é a cantiga de uma lâmpada ou a voz da tempestade, a respiração da noite ou o gemido do mar que o cerca, sempre vigia atrás de você uma vasta melodia, tecida de milhares de vozes, em que apenas de vez em quando há espaço para seu solo. Saber *quando é sua vez de cantar*, esse é o segredo de sua solidão, como é a arte da verdadeira interação: deixar-se cair das palavras imponentes para entrar na melodia única, compartilhada.

❧

Os mais solitários são, precisamente, os que mais contribuem para a coletividade. Eu já disse em outro momento que um pode ouvir mais, outro menos da vasta melodia da vida; conseqüentemente, este último tem um dever menor ou menos significativo na grande orquestra. Aquele que ouve toda a melodia seria o mais solitário e o mais comum, pois ele ouviria o que ninguém ouve, e isso apenas porque compreende em sua *completude* o que os outros ouvem obscuramente e com lacunas.

❧

Não sei mais o que dizer além do seguinte, que é válido em todos os casos: o conselho, talvez, de levar a sério a solidão e, sempre que ela vier, senti-la como uma coisa boa. Que as outras pessoas não a aliviem decorre menos de sua indiferença e recusa do que disto: de fato cada um de nós é infinitamente sozinho e inalcançável, com raríssimas exceções. É preciso adaptar-se a isso.

❊

Considero isto a maior tarefa numa relação entre duas pessoas: que uma vigie a solidão da outra. Pois, se a essência tanto da indiferença quanto da multidão consiste em não reconhecer solidão alguma, o amor e a amizade existem para propiciar continuamente oportunidades para solidão. E são verdadeiras apenas as comunhões que ritmicamente interrompem estados profundos de solidão...

❊

Em tal caso [de uma briga] é necessário (na minha opinião) retirar-se para dentro de si mesmo e não se aproximar nem de uma nem de outra pessoa, não referir o sofrimento causado por ambos à causa do sofrimento (que é tão externa), mas torná-lo produtivo para si. Se você transferir os processos de seus sentimentos para a solidão e não levar suas sensações oscilantes e trêmulas à perigosa proximidade de forças magnéticas, ele irá por conta própria assumir a posição que lhe é natural e necessária. Em todo caso, faz bem lembrar com freqüência que, sobre todo ser, há leis que nunca deixam de atuar e que, ao contrário, afluem para se afirmar e testar a si mesmas em cada pedra e cada pluma que deixamos cair. Todo erro consiste, portanto, apenas no nãoreconhecimento da regularidade que nos governa no caso dado. E toda tentativa de solução começa com nossa atenção e concentração, que suavemente nos integram à corrente dos acontecimentos e restituem à nossa vontade seu equilíbrio estável.

❖

Em relação ao solitário, é possível ser muito mais literal: de certo modo, as considerações de uma outra pessoa delimitam-lhe a amplidão com a qual ele, de outro modo, não obtém relação alguma por lhe parecer totalmente imensurável. Mas, para alguém que tem experiências de si mesmo em interações felizes, o espaço da vida é preenchido de realidades, e ele não deve nem ficar preso a uma descoberta nem ser preparado para a seguinte. Sua atividade é totalmente oposta à do solitário: ela é centrífuga, e a gravitação que atua nela é incalculável.

❖

Aliás, se eu fosse jovem hoje, procuraria de qualquer jeito uma atividade diária, bastante heterogênea, e tentaria me fixar num domínio tangível da melhor maneira possível. Hoje talvez prestemos um serviço melhor e mais discreto à arte quando a tornamos uma matéria discreta de certos dias ou anos (o que não precisa significar que devemos executá-la à margem e com diletantismo; Mallarmé, para citar um exemplo supremo, foi professor de inglês a vida toda), mas a "profissão" em si está abarrotada de intrusos, forasteiros, exploradores do ofício hibridizado; e a profissão só pode ser renovada, até mesmo dotada de novo sentido, nas mãos daqueles *indivíduos* tranqüilos que *não* se somam a ela e não aceitam nenhum dos costumes a que o literato deu validade e circulação. Seja um homem privado, seja um que se mantém reservado por trás de um ofício bem dominado, a profissão contribuirá para corrigir condições que há muito se tornaram impossíveis, tanto mais quanto seu *silêncio* poético tiver um certo significado ao lado de sua mais profunda eloqüência.

❖

Cada um deve encontrar em seu trabalho o centro de sua vida e ser capaz de crescer radialmente a partir desse ponto tanto quanto possível. E, nisto, ele não deve ser observado por ninguém mais, nem pela pessoa que lhe é mais próxima e querida: pois nem ele próprio deve fazer isso. Há uma espécie de pureza e virgindade nesse desviar o olhar de si mesmo; é como quando se desenha com o olhar atado à coisa, entrelaçado com a natureza, e a mão vai sozinha para algum lugar, descendo seu caminho, vai, vai, fica apreensiva, hesita, fica de novo contente, vai, vai fundo embaixo do rosto que é como uma estrela sobre ela, que não vê, apenas *brilha*. Para mim é como se eu tivesse criado sempre dessa maneira: o rosto com o olhar voltado para coisas distantes, as mãos sozinhas. E, com certeza, é assim que deve ser. É assim que, com o tempo, quero voltar a ser; mas, para tanto, devo permanecer tão solitário como estou agora; minha solidão deve primeiro ser de novo firme e segura como uma floresta jamais adentrada, que não tem medo de pegadas. Ela deve perder toda ênfase, toda excepcionalidade e toda obrigação. Ela deve se tornar rotina, o natural e o cotidiano; os pensamentos que vêm, até mesmo os mais fugidios, devem me encontrar totalmente sozinho; então decidirão confiar em mim de novo...

❖

A solidão é realmente uma questão *interna*, e constitui o melhor e mais útil progresso discernir e viver de acordo com isso. Trata-se, de fato, de coisas que não estão sob nosso controle, e o êxito, que afinal é tão simples, compõe-se de milhares de fatores: nós nunca sabemos quais.

❖

É raro alguém, numa conjuntura feliz, satisfatória, conhecer-se com mais profundidade e seriedade; para a maioria das pessoas, os resultados de sua solidão precedente parecem então erros melancólicos, e elas se jogam no brilho ofuscante da felicidade e esquecem e negam o contorno de sua realidade interior.

❊

É mais do que suficiente para a existência inteira ter umas poucas, cinco, seis, talvez nove, experiências genuínas que retornam continuamente e sempre em novos disfarces ao centro do nosso coração. Posso me lembrar de como sofri na juventude o mais espantoso embaraço quando, para defender uma hora de solidão em meu quarto, precisei explicar, em resposta à curiosidade típica da vida em família, por que eu precisava dessa hora e *o que* pretendia com ela: isso foi o bastante para transformar essa solidão arduamente conquistada em algo imprestável desde o início, como se tivesse sido comprada por antecipação. A atmosfera que pousara sobre essa hora frustrou sua inocência, confiscou-a, tornou-a improdutiva e vazia; e, antes mesmo que eu pusesse os pés no quarto, minha traição já havia chegado lá e preenchido cada canto seu com esgotamento, obviedade e desolação.

❊

Poeta ou pintor, compositor ou arquiteto, no fundo todos solitários que, voltando-se para a natureza, preferem o eterno ao transitório, a regularidade de leis profundas ao provisoriamente justificado e que, não conseguindo convencer a natureza a tomar parte deles, consideram sua tarefa compreender a natureza a fim de se encaixarem eles próprios em algum lugar de seus grandes contextos. E, com esses indivíduos solitários, a humanidade inteira se aproxima da natureza. Não é o valor último e talvez o mais singular da arte que ela seja o meio em que homem e paisagem, forma e mundo se encontram e se acham. Na realidade, eles vivem lado a lado, mal tomando conhecimento um do outro; e na pintura, no edifício, na sinfonia – enfim, na arte, eles parecem, como numa verdade profética superior, fundir-se, recorrer um ao outro, e é como se eles se completassem formando aquela unidade perfeita que constitui a essência da obra de arte.

❦

Estar sozinho é um verdadeiro elixir, é um estado que impele a doença totalmente à superfície. Primeiro ele deve se tornar ruim, pior, péssimo – não se vai além disso em língua alguma –, mas depois fica tudo bem.

❦

A arte não é um fazer-se-compreensível, mas um urgente compreender-se-a-si-mesmo. Quanto mais perto você chega a sua mais interior, mais solitária contemplação ou imaginação (visão), mais coisas foram alcançadas, ainda que ninguém as entenda.

❦

Com que insistência tudo conspira para interromper o indivíduo criativo, para retirá-lo de sua jornada interior e impedi-lo de empreendê-la! Como tudo condena o artista quando ele anseia por cuidar de seu mundo interior e arrematá-lo, para que este possa um dia manter em equilíbrio todo o exterior, tudo, até as estrelas e, por assim dizer, tornar-se sua contraparte algum dia. E, até mesmo os amigos que observam com condescendência essa existência interior, como é freqüente que também caiam no erro de, porque estão dando algo, esperar do criador uma restituição espiritual *fora do* trabalho.

❦

O objeto de arte não pode modificar nem melhorar nada; tão logo vem à existência, ele se põe perante o homem tal qual a natureza, completo **em** si, ocupado consigo (como uma fonte) e, portanto, se assim se deseja chamá-lo: indiferente. Mas afinal sabemos que essa segunda natureza, retentora e retida pela vontade que a determina, é igualmente composta do que é humano, dos extremos do sofrimento e da alegria. E é aqui que está a chave do tesouro de inesgotável consolo que aparece acumulado na obra de arte e ao qual justo o indivíduo solitário tem um direito especial, inefável. Há, sei bem disso, momentos na vida, e talvez até mesmo anos, em que a solidão em meio a nossos pares atinge um grau que ninguém teria admitido se nos tivesse sido indicado durante períodos de contatos sociais desobrigados, sem esforço. A natureza não é capaz de chegar a nós, e devemos ter a força para reinterpretá-la e atraí-la ao nosso encontro, traduzi-la, por assim dizer, em termos humanos para relacionar suas menores partes conosco. Contudo, é justo isso que ninguém é capaz de fazer quando se tornou profundamente solitário: em tal estado, queremos receber dádivas incondicionais e não há nada que nos faça cooperar, tal como uma pessoa em determinado ponto baixo de sua vitalidade mal quer abrir a boca para receber um pouco de alimento. Seja o que for que intencione e deva nos alcançar, precisa nos arrebatar como se ansiasse por nós, como se não tivesse outro propósito senão sobrepujar esta existência a fim de transformar cada átomo de sua fraqueza em devoção. E mesmo então, estritamente falando, nada se alterou. Seria presunçoso esperar de uma obra de arte que ela pudesse ajudar. Mas que as tensões humanas que uma obra de arte comporta, sem voltá-las para o exterior, que sua intensidade interna, sem se tornar extensiva, poderiam criar a ilusão, por sua simples presença, de que ela fosse aspiração, exigência, galanteio – amor arrebatador e premente, tumulto, chamado: essa é a boa consciência da arte (não sua vocação). E esse logro que ocorre entre a obra de arte e o homem abandonado se iguala a todos os logros sacerdotais com que, desde o início dos tempos, o divino foi promovido.

❖

Por que pessoas que se amam se separam antes que isso seja necessário? De fato, talvez porque essa necessidade pode surgir e impor exigências a qualquer momento. Porque estar junto e amar é algo muito efêmero. Porque por trás disso espreita em cada um a notável certeza – às vezes confessa, às vezes negada – de que tudo que ultrapassa um estado médio belo, estagnado em sua essência, deverá ser sentido, suportado e dominado de modo totalmente sozinho, como que por uma individualidade infinita (quase única). A hora da morte, que extrai de cada um esse discernimento, é apenas uma de nossas horas e de modo algum constitui uma exceção: nosso ser está o tempo todo adentrando e atravessando transformações, cuja intensidade talvez não seja menor do que os fatos novos, próximos e imediatos que a morte traz consigo. E, assim como devemos nos despedir uns dos outros incondicionalmente num determinado ponto dessa que é a mais conspícua das trocas, também devemos, estritamente falando, renunciar um ao outro a qualquer momento e nos permitir um ao outro seguir avante. Perturba-lhe que eu possa escrever tudo isso como alguém que copia uma frase numa língua estrangeira sem saber a dor extrema que ela significa? Isso ocorre porque essa temível verdade é provavelmente, ao mesmo tempo, nossa verdade mais frutífera e bem-aventurada. Mesmo quando contemplada com freqüência, ela, sem dúvida, não perde nada de sua grave sublimidade (e, se chorando a envolvêssemos, ainda não conseguiríamos aquecê-la ou atenuá-la), mas nossa confiança em sua austeridade e dificuldade cresce dia a dia. E, de repente, divisamos, como que através de lágrimas claras, a distante intuição de que nós, mesmo como amantes, temos necessidade de estar sozinhos. A intuição de que uma dor, mas não uma injustiça, nos acomete, quando essa necessidade nos assalta e nos abraça no meio dos sentimentos que afluem para a pessoa amada. Sim, a intuição de que o amor, que é aparentemente o mais partilhado, pode se desenvolver plenamente e, de certo modo, chegar à completude apenas sozinho, separado. Pois a união de fortes inclinações gera uma corrente de prazer que nos arrasta e acaba nos ejetando para algum lugar; enquanto para o indivíduo encerrado em seus sentimentos o amor se transforma num trabalho diário sobre si mesmo e numa incessante criação de desafios audazes e generosos ao outro. Seres que se amam dessa maneira evocam perigos infinitos ao seu redor, mas estão a salvo das periculosidades miúdas que desfiaram e esfarelaram tantos grandes inícios de real emoção. Como incessantemente desejam um para o outro e esperam um do outro algo extremo, nenhum fará injustiça ao outro por meio de restrições; ao contrário, sem cessar propiciam um ao outro espaço, vastidão, liberdade, exatamente como quem ama a Deus sempre arranca de seu coração e institui nas profundezas do céu a infinitude e os plenos poderes de Deus. Este ilustre amado teve a cautelosa sabedoria e até mesmo (isso não pode ser mal compreendido quando assim formulado) o nobre ardil de não se mostrar, de modo que, em algumas almas extáticas individuais, o amor a Deus pôde conduzir a momentos imaginários de prazer – mas esse amor, de acordo com sua essência, continuou sendo inteiramente trabalho, a mais árdua labuta e o mais difícil encargo.

Sobre doença e convalescença

A dor não tolera interpretação

Uma convalescença, mesmo quando longa e lenta, abre tantas relações novas e insuspeitadas com a existência que pode ao menos se tornar um período precioso e generoso de vida, a despeito de todas as privações que acarreta.

❖

É insuportável estar detido pelo próprio corpo. Nunca entendi como as pessoas conseguem tirar proveito espiritual ou intelectual de alguma doença. Para mim não passa de um insulto quando ela me acomete; e não posso imaginar, senão no caso mais extremo, um grande uso de tais sofrimentos, quando eles se tornaram imensuráveis e viraram um martírio. Nessa situação, quase não há outra saída a não ser arrojar sobre a alma essa vastidão de dor, que não pode mais ser acomodada no corpo. Aí, a dor, seja qual for sua origem, logo se torna força pura, tal como na obra de arte o difícil, até mesmo o feio, revela-se apenas como robustez, resolução e plenitude de vida, na pura existência que eles agora assumem. Mas sofrer corporalmente em pequena escala, aqui e ali, não tem sentido; é algo que me preocupa tanto quanto uma distração...

❖

Como é perigosa a vida, e inexorável até o momento final; uma criatura bem domada e, contudo, dentro dela quantas forças insaciáveis que a ameaçam como animais selvagens!

❦

Antigamente me admirava, às vezes, de os santos serem tão determinados a infligir males corporais a si mesmos. Agora entendo que esse desejo de dor, até os tormentos do martírio, era uma pressa e uma impaciência de não serem mais interrompidos e perturbados nem mesmo pelo pior que possa sobrevir neste lado de cá. Há dias em que olho todas as criaturas com a preocupação de que possa rebentar nelas uma dor que as faça gritar. Tão forte é meu medo do abuso que o corpo de tantas formas comete contra a alma, que encontra repouso nos animais e alcança segurança apenas nos anjos.

❦

Não tenho medo do estado patológico, pois não quero mantê-lo, mas apenas suportá-lo, sobreviver a ele. Tenho impressão de que estar doente é apenas uma triste necessidade da natureza de conceber uma saída que a leve de volta ao saudável, atravessando todas essas multiplicações imprecisas: ela o tenta como pode. Contanto que o indivíduo não o compreenda mal nem o mime, creio que não há nada mais frágil do que o estado patológico; ele próprio deseja ser irreal, ir embora tão logo surja algo mais seguro.

❦

É verdade que, às vezes, até mesmo a felicidade deve servir de pretexto para nos iniciar naquilo que, por sua própria natureza, nos ultrapassa. Mas, em tais casos, é muito mais fácil compreender instantaneamente que algo bom nos está ocorrendo, embora a dificuldade de *empregar* o bem que recebemos pela felicidade não seja, com certeza, menor do que a de adivinhar o que há de positivo no fundo das ausências que a dor nos impõe. Devemos avançar nessa região com mais firmeza, e, sobretudo, devemos nos dedicar a destruir essa suspeita antiga e hereditária que nos separa da melhor parte de nossas próprias forças, que contemplamos com tal desconfiança a ponto de permitir que se tornem estranhas – pois elas nos oferecem ou nos impõem, isso depende, outros meios de permanência, diferentes daqueles que acreditamos serem compatíveis com nossa personalidade. Bendito o momento de vida interior em que alguém decide ou se devota a amar a partir de agora, sem hesitação e com todas as forças, *aquilo* que mais teme, aquilo que – de acordo com nossa própria medida – nos fez sofrer *tanto*.

❦

Nada nos dá mais felicidade do que poder voltar a de fato fazer uso de nós mesmos, seja a serviço de planos ou de lembranças; e o mais belo é o momento em que ambos atuam em uníssono e produzam desejo e liberdade de continuar um no outro.

❦

[Há] isso que todos conhecemos, essa desconexão peculiar, invencível entre o sofrimento corporal e seu oposto intelectual, a incompreensibilidade da dor corpórea, dor que não conseguimos nos abster de "interpretar" e à qual parecemos sucumbir com todo nosso ser, embora ela não passe de um mal-entendido, uma contradição, uma relutância, um desesperado desejo da natureza de manter seus direitos, essa natureza alegre, em simpatia conosco e resoluta em relação à existência. Apenas *um* documento, as impressões de Montaigne à cabeceira do leito de seu amigo dolorosa e desfiguradamente moribundo, apresentou-me esse conflito de forma tão comovente como essas folhas honestas e verdadeiras escritas por uma mãe[2] que possuía a força serena e paciente (formada na Rússia) de não desviar o olhar e assistir até mesmo aos mais cruéis momentos, porque esses momentos tinham se tornado a terrível propriedade de sua pobre filha, sua riqueza fatal última, transbordante de infinitos segredos... Nessa época eu já compreendi isso em Montaigne... Quando se *possui* a tranqüila determinação de permanecer *objetivamente* perceptivo até mesmo ante tal tribulação – que muitos, quando se trata de uma pessoa próxima ou íntima, simplesmente suprimem em seu vago sentimento –, então surge, ao lado de todo desconsolo e, por assim dizer, no meio do próprio horror, algo como uma primeira pressuposição, cuja hora de ocorrer ainda está longe, como se houvesse algo como um privilégio no fato de um tormento tão monstruoso não ser poupado ao ser humano, como se se exprimisse em sua impiedade algo como uma iniciação, um pertencimento às coisas mais extremas – como se justo esse sofrimento desesperado só pudesse ocorrer a uma criatura para a qual não pode haver mais mistérios.

❖

A doença é o meio pelo qual um organismo se liberta do que lhe é estranho; é preciso então apenas ajudá-lo a estar doente, a ter sua doença inteira e a escapar dela, pois esse é seu progresso.

❖

Não atribuir às coisas *mais* significado do que elas assumem por conta própria; não ver o sofrimento de fora, não medi-lo e chamá-lo grande: o "grande sofrimento"... Pois você não sabe se seu coração não cresceu com ele, se essa imensa fadiga não é o

---

[2] A descrição de Gertrud Ouckama Knoop sobre sua filha moribunda, Vera, a quem Rilke dedicou *Sonetos a Orfeu*.

crescimento do coração. Paciência, paciência, e não julgar no sofrimento, jamais julgar enquanto ele estiver sobre nós. Não temos uma medida para ele, fazemos comparações e exageramos.

❧

Para mim, que sempre pude ter uma relação tão afável com minha natureza e que costumava alcançar acordos tão bons com ela, a necessidade persistente de um mediador médico é um tanto quanto confusa. Pois sinto como tudo para mim (incluindo as precondições mais delicadas de minha atividade artística) depende de não deixar que as pegadas de minha própria existência se borrem, mesmo quando seguem caminhos físicos errados: afinal, a pulsão para a arte não é nada senão uma contínua propensão para equilibrar os conflitos que põem em perigo e distendem nosso "eu", que está sempre se reconstruindo de elementos tão heterogêneos e muitas vezes contraditórios. Se ainda fosse uma doença que pudesse ser designada com um título latino preciso, o especialista médico poderia lidar comigo sem problemas; deixá-lo intervir no desastre multiforme, semifísico, semipsíquico, do qual brotam minhas aflições, é difícil e arriscado, pois tudo de que sofro é uma tarefa para mim mesmo, tão pura e exatamente destinada ao meu próprio trabalho e solução que quase sinto vergonha e má consciência se envolvo o médico... Nem posso falar em me abrir com ele – pois o que poderia ser confidenciado em tal situação? Uma metade poderia sê-lo apenas ao amigo imemorial, ao amigo desde sempre confiável (a quem você se refere como o "camarada"); a outra metade cairia no indizível, já dentro de quem a relatasse. Todo pôr-se-em-ordem-consigo-mesmo é tão infinitamente mais produtivo do que ser orientado, seja por quem for. Já na infância tive de experimentar isso, nas condições peculiares para as quais eu me fora deslocado, e quantas vezes mais tarde essa experiência me foi confirmada quando vi pessoas (filhos contra pais, por exemplo, ou casais) engalfinhadas numa luta sombria e desesperada, em que tornavam um ao outro cada vez mais acerbos, estreitos e deformados. E percebi com clareza que uma luta de igual intensidade, lançada *dentro* de um indivíduo (que então lutaria consigo mesmo, e não com outro), deveria resultar infalivelmente em algum tipo de progresso para esse solitário imaginado!

❖

Ainda que queiramos, é realmente difícil ajudar o médico a alcançar as regiões onde nós mesmos só avançamos tateando. Talvez também poderíamos nos recusar a conceder a um profissional da ciência o acesso a essas profundezas, por mais bem-intencionado que ele seja; seria preferível que apenas a vida pudesse fornecer a chave de nosso íntimo profundo, e isso tão-somente a amigos. Além disso, durante muito tempo fui meu próprio médico para não sentir um ciúme estúpido de quem, por causa da profissão, se esforça em conhecer melhor do que eu os segredos de minha natureza. Onde termina o corpo que deseja se confidenciar? Onde começa a alma que vive de seu mistério? Alguém algum dia o saberá?

❖

No morrer, a dor corporal muitas vezes deve ser um transtorno malévolo, porque ela decerto é o que está mais vinculado ao aqui-e-agora, inválida, por assim dizer, diante da esfera geral a que se dirige o moribundo. A ênfase obstinada e local da dor, que obriga à unilateralidade, provavelmente contradiz a inclinação do moribundo a tentar uma participação já universal, que obviamente ainda deve ser realizada com os meios encontrados aqui. Mas nos apropriarmos dos meios terrenos, alcançarmos certa completude de nossas relações com a terra, estarmos inefável, indescritível, intensamente aqui: não seria esse o único modo de sermos por fim abarcados em algo maior do que o mero terreno?

❧

Considerar importante e elevar um objeto pequeno, em si insignificante, ter crença (superstição) nele – isso é para mim uma experiência indescritível e, sucumbindo a tais impulsos, nunca pensei que se tratasse de um abuso à nossa própria natureza, embora soubesse que semelhante impulso, por um mínimo enrijecimento, poderia facilmente se fixar num estado patológico. Agora, como penso, devo concordar com você; é naturalmente mais livre avançar, para além de todas as tentativas semelhantes, rumo a uma independência pura. E é isso o que provavelmente intencionamos quando nos servimos de tais auxílios, que retêm, cada um, um sinal de transitoriedade e impermanência (além de sua semelhança com Deus). Sempre vi essas coisas tão pequenas reluzentes no brilho do coração como o marco de um terreno normalmente inexplorado, cujo acesso aos poucos se abre para nós e que espontaneamente erguemos, quando em algum momento o cruzamos. Devemos realmente ser tão condenados quando ainda conferimos algum significado a essa mitologização agora reduzida ao plano burguês e doméstico? Como quase todas as condições de nossa vivência interior e invisível nos excedem por seu próprio arranjo, parece-me bastante inocente se ocasionalmente temos confiança num objeto dócil e pressupomos nele o portador de poderes que querem se desenvolver em nós. Quantas coisas que por fim se revelaram as mais audaciosas decerto não tiveram essa pequena precaução como precondição? E você não acha que a crença supersticiosa (contanto que realmente nos ajude e não o inverso, como permitir a uma patologia que se sirva de nós) é apenas uma porção de pré-crença, uma pista de arranque para a crença verdadeira – ah!, tudo isso precisa apenas estar vivo; então não há perigo algum. Afinal, nunca iremos além de pretextos, e, quando encarregamos algo insignificante de ser provisoriamente mais, ele nos restituirá essa autoridade, justo por sua insignificância: e, ao fim dessa devolução, tal autoridade não parecerá um pouco aumentada, por causa da virtude simples do objeto? Cofrinhos: sim, era nisso que eu estava pensando desde o início, era assim que me pareciam todos esses talismãs. Eles acumulam pequenas baterias de energia vital, carregadas por nós com tudo que habitualmente desprendemos no ar que se dispersa ao acaso...

❦

Por fim, é apenas a relutância da natureza que causa tanta dor, e também sua resolução de estabelecer equilíbrio, cujo caminho ela encontra por meio do sofrimento. Além disso, a natureza não sabe de modo algum que *nos* causa dor enquanto se empenha por estabelecer sua ordem e se defender. E, porque ela não leva nossa consciência em consideração, é nossa tarefa não dissolver a dor em nossa consciência; a dor não tolera interpretação. É preciso, por assim dizer, deixá-la inflamar-se onde quer que ocorra, sem contemplarmos um objeto do espírito ou da vida restante no clarão de seu fogo bruxuleante. A dor só faz sentido em seu lado voltado para a natureza; no outro lado, ela é absurda, matéria bruta, não desbastada, sem forma e superfície, inexplicável...

❦

Resistir e ter paciência, não esperar nenhuma ajuda senão a realmente grande, quase miraculosa: foi isso que me levou adiante desde a infância. Portanto, também desta vez, embora a miséria dure mais do que o habitual, eu gostaria de fazer minha natureza avançar não por estocadas externas, mas esperar, como um dos últimos, até que ela dê o salto decisivo: só então sei que isso foi minha própria e genuína força e não uma emprestada, nem mesmo um fermento estranho que leveda até o alto para afundar de novo sob sedimentos turvos...

❦

Até mesmo – assim me parece – o que é chamado "patológico", uma vez vivenciado de modo apropriado – isto é, enfático e em benefício da saúde –, é apenas uma falta de jeito: e o que é grande e não tem nada a temer pode também ser atraído e solicitado por isso.

Sobre perda, morrer e morte

Nem mesmo o tempo "consola"... Ele põe as coisas no devido lugar e cria ordem

Quanto à influência da morte de um ente querido sobre aqueles que ele deixa para trás, há muito me parece que não deve ser senão a de uma responsabilidade maior. Quem está partindo por acaso não transmite centenas de coisas já iniciadas aos que sobrevivem a ele – desde que tenham partilhado algum tipo de vínculo interior –, para que as continuem? Nos últimos anos, tive de aprender sobre tantas experiências íntimas de morte, mas, a cada pessoa tirada de mim, as tarefas ao meu redor só fizeram aumentar. O peso dessa ocorrência não esclarecida e talvez a mais colossal de todas, que apenas por um mal-entendido ganhou a reputação de ser arbitrária e cruel, empurra-nos mais para o fundo da vida e exige os mais extremos deveres às nossas forças pouco a pouco crescentes.

❖

Simplesmente *não sabemos* o que o sofrimento destrói num coração, ou o que ele erige. Construtivo ele não é de modo algum; quando muito, é o andaime coberto de trapos, atrás do qual as pedras definitivas podem, por vezes, assumir a ordem apropriada. Mas então é preciso também admitir que o sofrimento será calmamente retirado onde não for mais absolutamente necessário, em vez de atribuir importância a pranchas e painéis, cartazes e panfletos, que pouco a pouco se aproveitaram do lugar. Tem razão apenas quem deixa a porta aberta para ventura e desventura, de modo que cada coisa possa ir e vir como precisar. Habituar-se à penúria, passar-lhe todo o dia o açúcar do próprio café, de sorte que no fim ela esteja sob todas as mesas e não queira mais ir embora, significa ministrar a esse fantasma um adestramento que repugna à sua natureza em cio. Como poeta, não se deve fazer da desgraça uma amante, mas transferir toda aflição e toda felicidade para a obra, e a vida exterior deve ser marcada pela recusa de experimentar ambas em algum outro lugar.

❖

Certa vez, de pé sobre uma ponte em Paris, vi de longe, numa rua que descia em direção ao rio, um suicida embrulhado num encerado. Ele tinha acabado de ser retirado do Sena. De repente ouvi alguém ao meu lado dizer alguma coisa; era um jovem carreteiro, de camisa azul, bem jovem mesmo, ruivo, com um rosto inteligente, esperto e pontudo. No queixo havia uma cicatriz, da qual saltava, de forma quase petulante, um tufo espesso de pêlos vermelhos, tal qual um pincel. Quando me voltei para ele, apontou com uma virada de cabeça o objeto que chamava nossa atenção e disse piscando para mim: "Você não acha que aquele lá, se foi capaz de fazer isso, não poderia também ter feito outra coisa?".

Segui-o com um olhar de espanto enquanto ele já retornava à sua enorme carreta cheia de pedras, pois de fato: *o que* alguém não teria conseguido executar justo com essa força que é necessária para desatar os fortes e potentes laços da vida! Desde então, sei com certeza que até mesmo o pior, até mesmo o desespero são apenas uma abundância, um afluxo da existência que, com uma única decisão do coração, podem ser lançados na direção oposta;

e onde algo é extremamente difícil, aí também nos encontramos sempre já muito perto de sua transformação.

❧

Palavras... poderiam ser palavras de consolo? Não estou certo disso, tampouco acredito realmente que poderíamos ou deveríamos nos consolar de uma perda tão repentina e grande como a que você sofreu. Nem mesmo o tempo "consola", como se diz superficialmente; ele, na melhor das hipóteses, põe as coisas no devido lugar e cria ordem – e isso apenas porque a ordem para a qual ele contribui tão serenamente nós mais tarde assumimos de modo tão pouco exato, a observamos tão pouco, que, em vez de admirarmos aí o que agora está ajustado, apaziguado, conciliado no grande Todo, nós o vemos como esquecimento e fraqueza do coração, só porque isso não nos causa mais tanta dor. Ah, como o coração *esquece* pouco, o coração – e como ele seria forte se não lhe retirássemos suas tarefas antes que tivessem sido concluídas e realmente cumpridas! Não querer consolar-se de tal perda, esse deveria ser nosso instinto; antes, nossa profunda e dolorosa curiosidade deveria explorá-la totalmente, experimentar a peculiaridade, a unicidade justo *dessa* perda, seu efeito dentro de nossa vida. De fato, deveríamos adotar a nobre avidez de enriquecer nosso mundo interior precisamente com *essa* perda, com seu significado e seu peso... Tal perda é, quanto mais fundo nos afeta e mais veementemente nos concerne, tanto mais uma *tarefa* de entrarmos numa posse nova, diferente e definitiva do que agora foi tão desesperadamente enfatizado pelo estado de perda. *Isso* é então a realização infinita que instantaneamente vence todo o lado negativo que se prende à dor, toda indolência e condescendência que sempre constituem uma parte da dor. Isso é dor ativa, interiormente atuante, a única que tem sentido e é digna de nós. Não amo as concepções cristãs de um além; cada vez mais me distancio delas, sem evidentemente pensar em atacá-las; elas podem ter seu direito à existência, ao lado de tantas outras hipóteses da periferia divina. Para mim, no entanto, elas representam antes de tudo o perigo de tornar nossos entes perdidos menos exatos e inicialmente mais inalcançáveis para nós; e também nós próprios, movendo-nos nostalgicamente para esse além e *longe* daqui, ficamos menos precisos, menos terrenos. Precisos e terrenos é o que, por ora, enquanto estamos *aqui* e somos aparentados com árvore, flor e solo, devemos continuar a ser no mais puro sentido e o que ainda devemos sempre nos tornar! No que me diz respeito, o que morreu para mim morreu entrando, por assim dizer, em meu próprio coração: a pessoa desaparecida, quando a procuro, recolheu-se de forma tão singular e surpreendente *em* mim, e foi tão tocante sentir que agora ela existia *apenas* ali, que meu entusiasmo de servir à sua existência nesse local, de aprofundá-la, glorificá-la impôs-se quase no mesmo instante em que a dor habitualmente teria assaltado e devastado toda a paisagem da alma. Quando me lembro do quanto amava meu pai – amiúde na mais extrema dificuldade de nos entendermos e nos aceitarmos! Na infância meus pensamentos muitas vezes se confundiam, e o coração quase parava com a mera idéia de que ele poderia não mais existir; minha existência parecia tão completamente determinada por ele (minha existência, que desde o início teve um desígnio tão diferente!) que sua partida teve para minha natureza mais interna o mesmo significado de meu próprio declínio... mas a morte está *tão* profundamente cravada na essência do amor (contanto que sejamos apenas *cúmplices* desse fato sobre a morte, sem nos deixarmos desorientar pelas fealdades e suspeitas atreladas a ela) que não o contradiz em lugar algum: para *onde* afinal ela poderia deslocar a única coisa que tínhamos levado tão inefavelmente no coração senão para *dentro* desse coração mesmo, onde estariam a "idéia" desse ser amado, seu efeito incessante (pois *como* poderia cessar *essa* influência que, já enquanto vivia a pessoa amada, tinha se tornado cada vez mais independente de sua presença tangível)... *onde* esse efeito sempre secreto estaria mais seguro senão *dentro* de nós?! Onde poderíamos nos aproximar dele, onde celebrá-lo com mais pureza, quando obedecer-lhe melhor senão quando ocorre em uníssono com nossas próprias vozes, como se nosso coração tivesse aprendido uma nova língua, uma nova música, uma nova força! Censuro todas as religiões modernas por terem fornecido a seus fiéis consolos e embelezamentos da morte, em vez de terem dado à sua alma os meios para se entenderem e chegar a um acordo com ela. Com ela, com sua crueldade total, sem máscaras: essa crueldade é tão monstruosa que o círculo se completa justo nela: *ela* já toca de novo no extremo de uma suavidade que é grande, tão pura e tão perfeitamente *clara* (todo consolo é turvo!) como jamais imaginamos a suavidade, nem mesmo no mais doce dia de primavera! Mas para a experiência dessa profundíssima suavidade, que, se apenas alguns de nós a sentissem com convicção, poderia talvez penetrar e tornar transparentes todas as circunstâncias da vida: para a experiência *dessa* suavidade, a mais rica e intacta, a humanidade nunca deu nem mesmo os primeiros passos, a não ser nos mais antigos, mais ingênuos tempos cujos segredos praticamente se perderam para nós. Estou certo de que o conteúdo das "iniciações" jamais foi outra coisa senão justo a comunicação de uma "chave", que permitia ler a palavra "morte" *sem* negação; tal como a lua, a vida decerto tem um lado virado na direção oposta a nós, que *não* é seu contrário, mas seu suplemento para a perfeição, a completude para a esfera realmente intacta e total do *ser*.

 Não devemos temer que nossa força não baste para suportarmos uma experiência de morte, nem mesmo a mais próxima e mais terrível; a morte não está acima de nossa força; ela é o mais alto marco gravado na borda do vaso: estamos cheios tão logo o alcancemos, e estar cheio significa (para nós) ser pesado... isso é tudo. Não quero dizer que se deva *amar* a morte; mas devemos viver a vida tão irrestritamente, tão sem cálculo e seleção, que espontaneamente incluiremos a morte (a metade da vida voltada na direção oposta a ela), nós a amaremos *juntos* – é exatamente o que ocorre toda vez nos grandes movimentos irrefreáveis e ilimitados do amor! A morte tornou-se algo progressivamente estranho apenas porque a excluímos num surto de reflexão, e, como a mantivemos na estranheza, ela se tornou hostil.

É concebível que a morte esteja mais infinitamente próxima de nós do que a própria vida... O que sabemos a respeito?! Nosso esforço (com os anos isso tem ficado cada vez mais claro para mim, e meu trabalho talvez tenha este *único* sentido e objetivo: dar testemunho dessa compreensão, que com tanta freqüência me domina de forma inesperada, e cada vez mais imparcial e independente... visionária talvez, se isso não soar muito soberbo)... nosso esforço, penso, *só* pode ir na direção de pressupor a *unidade* da vida e da morte para que ela, pouco a pouco, se manifeste para nós. Preconceituosos como somos *contra* a morte, não conseguimos soltá-la de suas desfigurações... Acredite, a morte é apenas uma amiga, nossa mais profunda *amiga*, talvez a única que jamais, jamais se abala com nosso comportamento e hesitações... e *isso*, é evidente, *não* no sentido sentimental-romântico da negação da vida, do contrário da vida, mas nossa amiga justo *então*, quando, do modo mais apaixonado, mais movido, aprovamos nosso ser-aqui, o acontecer, a natureza, o amor... A vida diz sempre ao mesmo tempo: Sim e Não. Ela, a morte (imploro-lhe que acredite!), é a que realmente diz Sim. Ela diz *apenas*: Sim. Diante da eternidade.

❦

O que, no fim, seria mais inútil para mim do que uma vida consolada?

❖

Nunca se sabe a que ponto o pequeno, o mais trivial pode estender seu efeito consolador e fortalecedor até o que de fato importa.

❖

Para aqueles permanentemente envolvidos no sofrimento, há apenas *uma* libertação: erguer o sofrimento à altura de seu próprio olhar, torná-lo um auxílio da visão.

❖

Minha querida S..., sua carta me causa grande comoção; por um lado, eu gostaria de encorajá-la em sua dor para que você a experimente em toda a sua plenitude, pois, como experiência de uma nova intensidade, ela é uma grande experiência de *vida* e reconduz à vida, como tudo o que atinge certo grau de força extrema. Por outro lado, sinto-me aflito quando imagino como você vive agora de forma reclusa e limitada, com medo de esbarrar no que esteja cheio de lembranças (e o que não está cheio de lembranças?). Você se enrijecerá se continuar assim, você não pode, querida, é preciso se mexer, voltar às coisas dele [de seu falecido], precisa deitar as mãos nas coisas que por tão múltiplas relações e atrações também são suas, S... (esse é o começo, que esse incompreensível destino lhe traz). Você *deve* continuar a vida dele *na* sua, na medida em que ela ficou inacabada; a vida dele foi agora transposta para a sua, e você, que de fato o conhecia, pode seguir adiante segundo a intenção dele: dê ao seu luto essa tarefa de explorar o que ele esperava de você, para você, o que desejava que lhe acontecesse. Se ao menos eu pudesse convencê-la, minha amiga, de que a influência dele não saiu de sua existência (e com que maior certeza sinto o efeito e o auxílio de meu pai em mim, desde que ele não está mais entre nós). Pense em quantas coisas na vida diária transtornam, turvam e deixam impreciso para nós o amor de outro ser. Especialmente agora ele existe, agora ele tem toda liberdade de existir e nós, toda liberdade de senti-lo... Você não sentiu seu pai atuar e participar dessa maneira milhares de vezes do cosmo, onde tudo, S..., é imperdível? Não acredite que algo que pertença às nossas realidades puras poderia ser suprimido ou cessar: o que exerceu seus efeitos com tanta segurança em nós já era uma realidade independente de todas as circunstâncias familiares para nós aqui. Sentimos tal realidade de forma tão diferente, com uma necessidade tão independente, justo porque ela desde o início já não aspirava ao aqui-e-agora nem era determinada por ele. Todas as nossas relações verdadeiras, todas as nossas experiências penetrantes alcançam o *Todo*, a vida e a morte; *temos de viver em ambas, temos de estar intimamente familiarizados com ambas.* Conheço pessoas que encaram tanto uma como a outra cheias de confiança e com o mesmo amor. E a vida nos é mais decifrável, mais confiável do que esse outro estado? Não estão ambas postas inominavelmente acima de nós, não são ambas inalcançáveis? Somos verdadeiros e puros apenas em nossa boa vontade em relação ao todo, ao indecidido, ao grande e ao grandíssimo.

❖

Ah, só pode sair de nós quem nunca possuímos. E não podemos nem sequer lastimar o fato de nunca termos realmente possuído este ou aquele: nunca teríamos tempo, nem força, nem justiça para tanto. Pois a mais momentânea experiência de uma posse real (ou de uma comunhão, que é, de fato, posse dupla) nos lança com tal ímpeto de volta a nós mesmos, nos dá tanto o que fazer aí, exige tanto desenvolvimento solitário de nós, que ela bastaria para nos ocupar como indivíduos para sempre.

❖

Agora, minha postura em relação à morte é que ela me assusta mais naqueles que negligenciei, que permaneceram inexplicados ou desastrosos para mim, do que naqueles que, durante sua vida, eu amei com certeza, ainda que tenham radiado apenas por um momento na transfiguração dessa proximidade que o amor pode alcançar. Com um pouco de inocência ou de prazer com o real (que é totalmente independente do tempo), as pessoas nunca teriam precisado pensar que de novo poderiam perder algo a que verdadeiramente tinham se vinculado. Nenhuma constelação está tão unida, nenhuma realização é tão irrevogável quanto a inter-relação humana, que, já no momento em que se dá visivelmente, ocorre com mais força e poder na esfera do invisível, do profundíssimo: onde nossa existência é tão permanente como ouro na rocha, mais constante do que uma estrela.

❖

Pela perda, pela perda tão grande, tão desmesurada, somos realmente introduzidos no *Todo*. A morte é apenas um meio inclemente de nos colocar numa relação familiar e confiante com o lado de nossa existência que está virado na direção contrária a nós (o que devo enfatizar mais: "nossa" ou "existência"? Ambas aqui são da mais pesada ênfase, como que contrabalançadas com o peso de todas as estrelas!).

❖

Veja, eu penso que agora, quando se espera de você que pela primeira vez sofra a morte na morte de alguém infinitamente próximo, a morte em sua inteireza (de algum modo mais do que a sua própria morte possível), penso que agora é o momento em que você jamais será tão capaz de perceber a realidade do puro segredo que, acredite em mim, não é da morte, mas da vida.

É imprescindível agora, numa magnanimidade inaudita e inesgotável da dor, assimilar na vida a morte, a morte inteira, que se tornou tangível para você por meio de um ente querido (e você se tornou relacionada a ela), assimilá-la como algo que não deve mais ser rejeitado, negado. Puxe-a para perto de você, essa coisa terrível; *represente*; enquanto não consegue criar isto, uma familiaridade com ela, não a espante espantando-se com ela (como todas as outras pessoas). Interaja com ela ou, se isso lhe pedir demais, ao menos cale de modo que ela possa vir para bem perto, essa essência da morte sempre afugentada, e se aconchegue junto a você. Pois isso, veja, é o que a morte se tornou entre nós, essa coisa sempre enxotada, que nunca mais pôde dar-se a conhecer. Se a morte, no momento em que nos ofende e abala, encontrasse um indivíduo amistoso (e não tomado de horror), o menor entre nós, com que tipos de confissões ela não se dirigiria – infinitamente – a ele! Um pequeno momento de boa vontade para com ela, uma breve supressão do preconceito, e ela já põe à disposição infinitas confidências, que subjugam nossa idéia de suportá-la em trêmula expectativa.

❖

Nosso estado humano não nos obriga a consentir com alegria tudo o que muda? E então, essa mudança arrogante tem realmente tanta importância? Neste mundo que se vangloria de sua velocidade e versatilidade, os valores principais, à força de serem mal explorados, não perderam sua grandeza nem seu perigo. As poucas constantes que nos fazem gravitar permanecem intactas, e ao lado delas as incontáveis infidelidades parecem bastante fúteis. Devemos vislumbrar um mundo para sempre apaziguado em meio a esses fenômenos contraditórios, que não são apenas contraditórios, mas, além disso, mal soldados uns nos outros.

❖

É prerrogativa peculiar de nosso luto que ele, *onde* não aparece abalado pela contradição de que nós, em casos individuais, consideramos uma vida aparentemente inacabada, interrompida, cortada – que ele pode ser *aí* totalmente aprendizado, totalmente realização, a mais pura e perfeita auto-reflexão. E, em nenhuma outra parte nesse estranho estarmos-entregues-a-nós-mesmos, essa tarefa se revela maior do que quando nos atinge a perda do pai, em idade avançada, o que, de certo modo, nos obriga a nos recompormos e, de fato, a alcançarmos uma primeira independência de nossa habilidade interior.

Enquanto o pai está vivo para nós, somos uma espécie de relevo no pano de fundo (daí também a dimensão trágica dos conflitos) – e é só depois desse golpe que nos tornamos uma escultura em redondo, livres, ah, com todo o espaço aberto ao redor (a mãe, desde o começo, corajosa, nos pôs fora tão longe quanto pôde).

❖

Sim: quanto mais uma pessoa reconheceu aqui, tanto mais despedidas ela terá de fazer ao longo da vida. Mas muitas vezes me sinto como se todas essas despedidas fossem de novo afirmações num mundo aberto e tivessem aí outros nomes.

❖

Não há tarefa mais urgente para nós que a de aprender diariamente a morrer; mas não é com renúncia à vida que aumenta nosso aprendizado sobre a morte; apenas o fruto maduro do aqui-e-agora apanhado e mordido espalha em nós seu sabor indescritível.

❖

Ou se diz: a morte é um valor tão indescritível, imensurável que Deus permite que ela sempre nos seja infligida até mesmo da maneira mais absurda apenas porque não há nada maior que Ele possa nos conceder. Ou então: nossa existência pessoal não tem nenhum significado para Deus, que, longe de lhe atribuir um prazo, dela nada sabe, nem do enorme valor que damos à sua duração. Essa intuição, se *realmente* vivenciada apenas uma vez, não causaria em mentes mais livres o dano de negarem Deus; mas ela poderia delimitar as condições essenciais de Sua existência em relação às nossas. Nada nos torna mais incapazes de ter uma experiência real de Deus do que nossa obstinação em querer reconhecer as intervenções de Sua mão *nos lugares* onde ela se abstém desde sempre – e, ao imaginar Sua participação em tantas coisas que nos concernem, provavelmente deixamos de ver os sinais que se manifestam em outra parte e suas mais flagrantes provas.

❖

Li sua carta repetidas vezes para estar próximo de você e compreender e apreender totalmente o atual estado de sua dor. Quão profunda deve ser, agora que você pôde entrar nessa calmaria (poucas pessoas, por pura desconfiança contra a dor, alcançaram essa bonança), e como deve ser verdadeira, pois você pode ir em seu encalço até o mais corpóreo e experimentá-la em seus dois extremos: totalmente no âmbito psíquico, onde ela nos excede tão infinitamente que só podemos senti-la como silêncio, pausa, intervalo de nossa natureza, e também de novo, subitamente, em sua outra extremidade, onde ela é como um sofrimento físico, uma dor desajeitada e inconsolável de criança que nos faz gemer. Mas não é maravilhoso (e não é de certo modo uma obra da maternalidade) que sejamos assim levados a circular nos contrastes de nosso próprio ser? E, de fato, você também sente isso com freqüência, como uma iniciação, uma introdução no *Todo,* e como se nada de ruim, nada de mortal no mau sentido pudesse mais nos suceder, quando esse sofrimento elementar foi uma vez experimentado de forma pura e verdadeira. Já disse várias vezes para mim mesmo que a pulsão ou (se é permitido falar assim) a sagrada astúcia dos mártires era que eles exigiam ir até o fim da dor, da mais pavorosa dor, do cúmulo de dor, que, de outro modo, imprevisivelmente e em pequenas ou maiores doses de sofrimento físico ou psíquico, espalha-se sobre a vida e se mescla com seus momentos; e evocar, conjurar *de uma vez* toda essa possibilidade de sofrimento para que, em seguida, após resistir a ele, houvesse apenas a bem-aventurança, a ininterrupta bem-aventurança na contemplação de Deus – que nada mais pode perturbar ao término dessas superações... A perda que deita suas sombras sobre você constitui uma tarefa de resistir e, de fato, uma *reavaliação* e a *aceitação* de todo sofrimento que possa nos sobrevir (pois, com a mãe que nos deixa, cai toda proteção); é preciso suportar um monstruoso endurecimento, mas em troca (e *isso* também você já está começando a sentir)... em troca, o poder de proteger passa para você, e toda suavidade que até agora lhe foi permitido *receber* florescerá cada vez mais em seu interior e então *sua* nova capacidade será distribuí-la, por iniciativa própria, como uma coisa sua (algo herdado e adquirido indizivelmente, pagando um preço muito alto).

    Mais de uma vez eu lhe insinuei como, tanto na minha vida como no meu trabalho, sou cada vez mais movido apenas pelo empenho de corrigir em toda parte nossas velhas repressões, que afastaram os segredos de nós e cada vez mais nos alienaram deles, segredos com os quais poderíamos viver em infinita abundância. O horror da vida assustou e espantou os homens, mas coisa doce e magnífica, de tempos em tempos, não veste *essa* máscara, a do horror? A própria vida – e não conhecemos nada além dela –

não é horrorosa? No entanto, tão logo admitimos seu horror (não como adversários, pois *como* poderíamos estar à sua altura?), mas de algum modo na confiança de que justo esse horror é uma coisa totalmente *nossa*, apenas uma coisa que no presente momento é muito grande, muito vasta, muito inabarcável para nosso coração aprendiz... tão logo dizemos sim ao seu mais terrível horror, sob risco de perecer sob ela (isto é, sob nosso excesso!), abre-se então para nós um pressentimento do que há de mais bem-aventurado, que a esse preço é nosso. Aquele que em algum momento e com resolução definitiva não concorda nem mesmo se rejubila com o horror da vida, este nunca toma posse dos plenos poderes indizíveis de nossa existência, este passa à margem e, quando um dia é tomada a decisão, não terá sido nem um morto nem um vivo.

❖

Compreender o *ser-aqui* como um lado do ser em sua inteireza e exauri-lo apaixonadamente, essa seria a exigência da morte a nós, enquanto a vida, contanto que verdadeiramente admitida, é em todo lugar a vida inteira.

❖

Como desejo que suas preocupações encontrem repouso e que você, de certo modo, saia fortalecido delas; pois, realmente, para viver precisamos acreditar que todo mal esconde uma bênção pura, que nós, cegos, teríamos repelido se nos tivesse sido oferecida sem esse disfarce doloroso.

❖

Estamos, é preciso considerar, sempre igualmente perto da morte, apenas sem nenhuma defesa tangível contra ela; enquanto a natureza, em tais momentos de repentino alarme, mobiliza tudo contra ela de modo que, justo quando ela se esforça por se distanciar da morte com todos os meios, parecemos entrar numa relação de proximidade com a morte. Na realidade estamos, pelo mero fato da vida, tão próximos dela que não poderíamos, sob circunstância alguma, nos aproximar mais ainda...

❧

Há morte na vida, e me admira que se pretenda ignorá-la: a morte, cuja presença impiedosa sentimos em toda mudança a que sobrevivemos, porque é preciso aprender a morrer lentamente. É preciso aprender a morrer: eis aí toda a vida. Preparar de longe a obra-prima de uma morte orgulhosa e suprema, uma morte em que o acaso não tem papel algum, uma morte bem-feita, bem feliz, entusiasta como os santos souberam moldá-la; uma morte longamente maturada, que apaga, ela própria, seu nome odioso, ao devolver ao universo anônimo as leis reconhecidas e salvas de uma vida intensamente cumprida. É essa idéia de morte que se desenvolveu em mim de forma dolorosa, de experiência em experiência desde a infância, e que me ordena suportar humilde a pequena morte para me tornar digno daquela que nos quer grandes.

❧

Entender os tempos de rotação desses pequenos astros-corações [de animais] é também uma iniciação em nossa própria vida; e, ainda que essas luas joviais reflitam para nós o mais puro sol-mundo, foi talvez por seu lado sempre oculto para nós que estivemos em relação com o infinito espaço-vida por trás delas.

❧

A morte é o *lado da vida* que está voltado para a direção contrária a nós, fora do alcance de nossa luz: devemos tentar atingir a maior consciência de nossa existência que esteja em casa em *ambas* as esferas *ilimitadas*, que se *nutra de ambas inesgotavelmente...* A verdadeira forma de vida se estende até *ambos* os domínios, o sangue da mais vasta circulação corre através de ambos: não há *nem um Lado Daqui nem um Lado de Lá, mas apenas uma grande unidade* onde os seres que nos excedem, os "anjos", sentem-se em casa.

❖

Nunca a morte permaneceu como obstáculo na vida de um ser que sobreviveu, especialmente não a morte mais sentida. Sua essência mais íntima não é contrária a nós, como algumas vezes se pode supor, mas sabe mais sobre a vida do que nós em nossos momentos mais vitais. Penso sempre que tal peso, com sua monstruosa pressão, de certo modo tem a tarefa de nos impelir a uma camada mais profunda e mais interior da vida, para que cresçamos a partir dela tanto mais férteis. Muito cedo, as circunstâncias me ensinaram essa experiência, que se confirmou de dor em dor: todas as coisas *do aqui* nos foram dadas e esperadas de nós, e devemos tentar transformar tudo o que nos ocorre numa nova familiaridade e amizade com elas. Pois para onde mais devemos voltar nossos sentidos, que são tão excelentemente equipados para apreender e dominá-*las* – e como poderíamos nos esquivar do dever de admirar o que Deus nos confiou e que decerto contém toda preparação para cada admiração futura e eterna!

❖

As experiências mais profundas da minha vida concorrem para me fazer admitir a morte como uma outra parte dessa trajetória cuja curva vertiginosa seguimos sem poder nos deter por nenhum momento. Cada vez mais me sinto instigado a concordar, de minha posição provisória, com esse Todo em que a vida e a morte se penetram, se confundem incessantemente. O Anjo de minhas afirmações (*der Engel des Jasagens*) volta uma face radiosa em direção à morte. Embora a vida necessite dele tanto quanto, é sobretudo *ela*, a morte, que se verga sob o peso de tanta má suspeita.

Por essa razão eu gostaria de reabilitá-la, indicando-lhe esse ponto central que ela jamais abandonou, mas do qual todos desviaram o olhar. Sinto-me incumbido de demonstrar que a morte é uma das riquezas desse Todo formidável do qual a vida é talvez a menor parte, embora já tão rica que exceda todos os nossos meios e medidas. Um tão completo consentimento à mudança deve ter por premissa os eventos repletos de constância e permanência – e, com efeito, eu também posso afirmar que me sinto "totalmente o mesmo, em espírito e corpo", e que, se consinto infinitamente as transformações necessárias, todos os adeuses que o ritmo soberano nos impõe, é porque vejo a névoa de todas essas mudanças tornar-se transparente graças à nossa chama que as atravessa sem jamais apagar.

SOBRE LINGUAGEM

A vasta, sussurrante e oscilante sintaxe

Ser alguém, como artista, significa: poder dizer-se. Isso não seria tão difícil se a linguagem saísse do indivíduo, se se originasse nele e, desse ponto, aos poucos abrisse caminho até o ouvido e a compreensão dos outros. Mas não é esse o caso. Pelo contrário, ela é o comum a todos, mas não foi feita por ninguém, porque todos a fazem continuamente, a vasta, sussurrante e oscilante sintaxe, para dentro da qual cada um diz o que tem no coração. E então acontece que alguém, interiormente distinto de seu vizinho, perde-se ao se exprimir tal como a chuva se perde no mar. Portanto, tudo o que é próprio exige, se não quer ficar em silêncio, uma linguagem própria... Dizer o igual com as mesmas palavras não é progresso.

❖

Em que tipo de solo de infortúnio nós, poetas-toupeiras, cavamos por aí, jamais sabendo quando empurramos para cima e quem nos devora no exato lugar em que metemos nosso nariz empoeirado fora da terra.

❖

Está fora, totalmente fora de questão fazer livros "de ajuda". A ajuda não deve estar *no* livro, mas, na melhor das hipóteses, na relação entre o leitor e o livro: ali, no espaço que permanece entre o leitor e o livro (esse espaço singular que tem um equivalente no espaço imaginário da pintura e na espacialidade que rodeia e é governada por uma escultura), o mal-entendido de um auxílio pode se tornar um evento transparente.

※

Quando escreve poesia, o indivíduo é sempre apoiado e até mesmo arrastado pelo ritmo das coisas externas; pois a cadência lírica é a da natureza: da água, do vento, da noite. Mas, para formar a prosa de modo rítmico, é preciso aprofundar-se em si mesmo e encontrar o ritmo anônimo, variado do sangue. A prosa deve ser construída como uma catedral; ali somos realmente sem nome, sem ambição, sem auxílio: sobre os andaimes, sozinhos com a consciência.

※

O que se escreve com 21 anos é um grito – e alguém pensaria que um grito deveria ter sido gritado diferente? A linguagem é ainda tão fina para nós nessa idade que o grito a atravessa e leva consigo apenas o que está grudado nele. O desenvolvimento será sempre o de tornar a linguagem mais cheia, mais densa, mais firme (mais pesada) para si mesmo, e isso obviamente só faz sentido para quem está certo de que o grito também cresce nele de forma contínua, irrefreável, de modo que mais tarde, sob a pressão de incontáveis atmosferas, ele acabe emergindo uniforme de todos os poros do veículo quase impenetrável.

※

Se algo criado do coração e do espírito pertence à esfera pública, parece-me cada vez mais uma questão de proporcionalidade. É evidente, não devemos subestimar o que é verdadeiro e dá testemunho puro de si mesmo, mas a cada efeito como esse corresponde um campo de força especial. E talvez a anarquia do mundo não tenha causa mais profunda do que justo a perda quase total da compreensão da medida e da adequação de obras com tais efeitos. Forças que, se deixadas em seu lugar, seriam reunidas no centro de um círculo governado por elas, vêem-se arremessadas ao ar livre, onde imediatamente perdem toda proporcionalidade. Nunca os esbanjamentos de tais forças foram tão terríveis e absurdos, e os empobrecimentos prevalecem até mesmo em todas as áreas cuidadosamente cercadas, enquanto o espaço nada ganha por receber as tensões roubadas delas. Agora já é um mal-entendido hereditário o fato de podermos – contanto que não se trate de simples comunicações – "publicar" certa corporificação do espírito. Toda coisa desse tipo é o centro de uma esfera menor ou maior, e, assim como alguém não conseguiria manter por muito tempo de forma privada e idiossincrática uma coisa que, por sua natureza, tem as propriedades e as relações dos astros, tampouco se aumentam a força e a radiação de uma outra expondo-a e demolindo todos os seus muros. Esta será a mais essencial correção a que um mundo dissolvido no que é público terá de se submeter: devolver toda força à dimensão que lhe corresponde. Tudo então resultaria numa expropriação das forças individuais, o que obviamente pareceria suprimir aquilo que agora chamamos arte e espírito, com todos os espaços interiores da alma e dos arranjos do coração.

❧

Num poema bem-sucedido existe muito mais realidade do que em qualquer relação ou afeição que eu sinta; no que crio sou verdadeiro, e gostaria de encontrar a força para basear minha vida totalmente nessa verdade, nessa infinita simplicidade e alegria, que de tempos em tempos me é dada.

❧

Suponho que na política, tal como na poesia, as intenções puramente humanas, voluntariamente humanas não valham grande coisa. Uma poesia que *quisesse* consolar ou ajudar ou sustentar não sei que nobre convicção seria uma espécie de fraqueza por vezes tocante... o decisivo não é de modo algum uma intenção caridosa e clemente, mas a obediência a um ditado autoritário que não *quer* nem o bem nem o mal (dos quais sabemos tão pouco), e simplesmente nos ordena a estabelecer nossos sentimentos, nossas idéias, todo o arroubo de nosso ser segundo a ordem superior que nos excede de tal forma que jamais poderia se tornar um objeto de nossa compreensão... Minha censura à "liberdade" é que ela conduz o homem, no melhor dos casos, ao que ele compreende, nunca mais longe. Só liberdade não basta; mesmo empregada com critério e justiça, ela nos deixa no meio do caminho, no terreno estreito de nossa razão...

❧

É assustador pensar em quantas coisas são feitas e desfeitas com as palavras; elas estão tão afastadas de nós, encerradas na eterna imprecisão de sua existência secundária, indiferentes às nossas necessidades extremas; elas recuam no momento em que as agarramos; elas têm sua vida, e nós, a nossa.

❧

Assim como é contrário à natureza nos desfazer de livros que nos dizem alguma coisa, é igualmente importante não reter pessoas por muito tempo.

❧

Não diga nada contra a rima! Ela é uma divindade muito grande, a deusa das coincidências muito secretas e muito antigas, e jamais se deve deixar que o fogo em seus altares se apague. Ela é extremamente temperamental: não se pode nem prevê-la nem chamá-la, ela vem como a felicidade, com as mãos tomadas pelas flores da realização. [...] A verdadeira rima não é um meio da poesia, é um "sim" infinitamente afirmativo que os deuses imprimem como um selo em nossos sentimentos mais inocentes.

❖

Para falar com franqueza, quanto mais vivo, mais difícil se torna encontrar uma resposta válida, imediata para palavras como as suas. E não é só o fato de se tornar mais difícil para mim, eu mesmo o dificulto ao me perguntar onde afinal estaria minha confirmação em tentar tal resposta. Aquilo que ditosamente se junta em termos de êxito e compreensão em minha poesia ou em alguma outra obra de arte não é o mesmo que domínio e consecução da vida diária – e, se fosse uma questão de decidir quem de nós dois tem menos valor, o peso maior talvez caísse do meu lado. Apesar de toda dificuldade, o indivíduo criativo e produtivo tem, claro, sua confirmação justo nessa grande força que às vezes faz uso dele e então realiza tanta coisa com ele que, por mais oprimido que esteja em outros aspectos, ele encontra a paciência de resistir por amor a ela. Como outras pessoas arrasadas pelo sofrimento podem alcançar o profundo e fértil solo para a grande paciência? Já me fiz essa pergunta várias vezes, sem ter chegado a uma explicação. Mas é preciso admitir que dificilmente há outra coisa que se ofereça ao nosso olhar em tão variadas manifestações – do exemplo banal até a mais inesquecível forma – como o fato de que a vida, nas circunstâncias mais insultantes, tormentosas, até mesmo mortais, vicejou; de que pessoas foram capazes de amá-la quando ela era horrível em toda parte. E até mesmo o fato de que indivíduos que haviam levado um destino radiante vivido com indiferença, sem muito prazer e participação, desfraldaram a alegria e a segurança de seu coração quando, após uma queda repentina de sua situação no desespero, viram-se doentes, maltratados e no fundo de prisões insondáveis; de que só então tiveram o direito de realmente conhecer e desfrutar essa alegria e segurança. Eu, quando pude e com grande zelo, fui no encalço de tais histórias de vida, e, apesar de não ter visto brilhar em nenhuma delas o próprio *segredo* que torna possíveis tais sobrevivências colossais, vivo na constante convicção *de que* elas ocorrem o tempo todo.

❦

No fundo, procuramos em toda novidade (país, pessoa ou coisa) apenas uma expressão que ajude alguma confissão pessoal a alcançar maior potência e maioridade. Todas as coisas existem para se tornar imagens para nós em algum sentido. E isso não lhes causa dano algum, pois, enquanto elas nos exprimem com clareza cada vez maior, nossa alma se inclina sobre elas na mesma medida.

❦

Este é, de fato, o milagre mais efusivo da vida: colocar-nos num estado de suspensão a partir do qual, é verdade, ainda podemos comunicar alguma coisa, mas não podemos mais nos revelar...

Sobre arte

A arte se apresenta como uma concepção de vida

As criações da arte são sempre resultado do ter-estado-em-perigo, do ter-ido-até-o-fim numa experiência, até um ponto que ninguém consegue transpor. Quanto mais se vai, tanto mais uma vivência se torna própria, pessoal, singular – e o objeto de arte é, afinal, a expressão necessária, irreprimível e o mais definitiva possível dessa singularidade... Nisto está o auxílio colossal do objeto de arte para a vida de quem precisa fazê-lo – ele é sua síntese: a conta do rosário, em que sua vida diz uma oração, a prova sempre recorrente (dada para ele mesmo) de sua unidade e veracidade, a qual só se volta realmente para ele e cujos efeitos externos parecem anônimos, sem um nome dado, como necessidade apenas, como realidade, como existência.

❦

A obra de arte é ajuste, equilíbrio, apaziguamento. Não pode ser nem pessimista nem cheia de esperanças róseas, pois sua essência consiste na justiça.

❦

A arte se apresenta como uma concepção de vida, tal como a religião e a ciência, e o socialismo também. Ela se distingue das outras concepções apenas por não ser produto de seu tempo e aparecer, por assim dizer, como a cosmovisão do objetivo último.

❦

Ascese, evidentemente, não é solução; ela é sensualidade com sinal negativo. Ao santo, ela pode ser útil como um andaime. Na interseção de suas renúncias, ele avista aquele Deus da oposição, o Deus do invisível, que ainda não foi criado. Quem, no entanto, está comprometido com os sentidos para considerar puro o fenômeno e verdadeira a forma: como tal indivíduo poderia começar com a recusa?! E, mesmo que ela inicialmente provasse ser de auxílio e proveito para ele, no caso dele ela continuaria sendo embuste, ardil, intriga – e, no fim, ela se vingaria em algum lugar no contorno de sua obra, como dureza, aridez, esterilidade e covardia do fruto.

❖

Pois arte é infância. Arte significa não saber que o mundo já *existe*, e fazer um. Não destruir nada que se encontra, mas simplesmente não achar nada pronto. Nada mais que possibilidades. Nada mais que desejos. E, de repente, ser realização, ser verão, ter sol. Sem que se fale disso, involuntariamente. Nunca ter terminado. Nunca ter o sétimo dia. Nunca ver que tudo é bom. Insatisfação é juventude. Deus era muito velho no início, creio eu. Do contrário, ele não teria parado no fim da tarde do sexto dia. Nem no milésimo dia. Nem hoje ainda. Esse é todo argumento que tenho contra ele. Que ele pôde se consumir. Que ele achou que seu livro tinha chegado ao fim com os homens, e então pôs de lado a pena e esperou para ver quantas edições teria. Que ele não foi artista, isso é tão triste. Que ele *ainda* não era artista. Dá vontade de chorar por isso e perder toda a coragem para tudo.

❖

A vida de todo homem que chegou a certo ponto de seu engajamento com a arte sofre desfigurações que, de determinado ângulo, o aproximam do maníaco; é necessária tanta temeridade dentro da arte que fora dela o artista muitas vezes mostra uma pusilanimidade ridícula; é que sua coragem... (Preferi exprimir isso da seguinte maneira: "é verdade, sou uma 'galinha' – mas por essa razão tenho permissão de às vezes cantar de galo também!".)

❖

O que escrevo como artista exibirá até o fim, em algum lugar, os traços da contradição pela qual me iniciei, e, contudo, se você me perguntar, eu não gostaria de que fosse *este* o principal efeito desses trabalhos: os jovens deveriam concluir desses escritos – assim eu desejo – não a exortação a alguma rebelião ou libertação, não o abandono das coisas à sua volta e exigidas deles. Desejaria, antes, que eles, numa nova conciliação, aceitassem o dado, o imposto a nós, o necessário em certas circunstâncias; que, diante dessas coisas, não se desviassem para fora, mas para regiões mais profundas; que não opusessem tanta resistência à pressão das circunstâncias, mas a explorassem, para que ela os introduzisse numa camada mais densa, mais profunda, mais autêntica de sua própria natureza.

Se hoje falo assim e, portanto, defendo aceitação, conciliação e capacidade de suportar (que eu mesmo não alcancei), isso não é (aqui faço uma auto-reflexão rigorosa) uma tolerância do homem mais velho – mas o fato é que os tempos mudaram. Entre aquela dificílima década da minha infância e a atitude de hoje (até mesmo a mais horrível) há uma diferença que mal se pode estimar; mesmo que agora o abismo entre pai e filho se abra todo dia de novo, certos entendimentos são possíveis de um lado para o outro e até mesmo se tornaram tão correntes que ninguém mais os conta.

❖

Com certeza é imprescindível nos testarmos ao extremo, mas também somos provavelmente obrigados a não exprimir, partilhar e comunicar esse extremo *antes* de sua entrada na obra de arte: como algo único, que ninguém mais entenderia nem deveria entender, como loucura pessoal, por assim dizer, ele tem de entrar na obra para se tornar válido nela, e nela mostrar a lei, como um traço inato que só se torna visível na transparência do artístico. Há, no entanto, duas liberdades de comunicação, que me parecem ser as possibilidades mais extremas: aquela em face da coisa realizada e aquela dentro da vida cotidiana real, em que mostramos uns aos outros o que nos tornamos pelo trabalho e assim mutuamente nos apoiamos, nos ajudamos e (entendido aqui no mais humilde sentido) nos admiramos. Mas, em ambos os casos, precisamos mostrar resultados, e não é falta de confiança, nem privação mútua, nem exclusão se não apresentamos os instrumentos do devir, que contêm em si tantos transtornos e tormentos e tantas coisas válidas apenas para uso pessoal.

❧

Por mais que o artista, numa pessoa, esteja pensando na *obra*, em sua realização, em sua existência e permanência para além de nós – só se é realmente justo em relação à arte quando se reconhece que essa realização mais urgente de uma visibilidade superior, partindo de uma perspectiva infinitamente extrema, aparece apenas como um meio para obter um elemento de novo invisível, totalmente interior e talvez inconspícuo: um estado mais íntegro no meio de nosso próprio ser.

❧

Escreveu-se tanto (bem e mal) sobre todas as coisas que elas mesmas já não têm nenhuma opinião, mas aparecem apenas como pontos de confluência imaginários de certas teorias espirituosas. Quem quer dizer algo sobre elas fala, na realidade, apenas das visões de seus predecessores dessa matéria e se perde num espírito semipolêmico que está em exata oposição ao espírito produtivo-ingênuo com que cada objeto deseja ser compreendido.

❖

Sempre se esquece que o filósofo, tal como o poeta, é o portador de futuros entre nós e pode contar menos do que os outros com a participação de sua época. Filósofos e poetas são contemporâneos de pessoas de um futuro longínquo e, tão logo prescindam de agitar seu vizinho, não têm motivo algum para criar ordens e tirar conclusões em seu desenvolvimento, exceto aquelas compilações sistemáticas que lhes são necessárias para uma visão geral de sua situação e que, no entanto, são sempre destruídas de novo por eles mesmos em benefício de seu próprio progresso interior. Tão logo sua conquista seja sistematizada e expressa em palavras, e alunos, discípulos e amigos se alinhem em favor dela e inimigos se precipitem contra ela, o filósofo não tem mais o direito de sacudir os fundamentos do sistema doravante habitado e de pôr em risco os milhares de indivíduos que tiram seu sustento dele. Ele obstruiu seu próprio progresso implacável, que talvez pudesse se erguer apenas sobre as ruínas dessa ordem; e aquele que ainda ontem era o senhor ilimitado de seus mil desenvolvimentos e podia se entregar regiamente a cada nuança de sua vontade é agora apenas o supremo criado de um sistema que a cada dia fica maior que seu fundador. Filósofos deveriam ser pacientes e esperar, e não querer fundar uma soberania, nem um reino que se mantenha com os meios de seu tempo. Eles são os reis do vindouro, e suas coroas ainda são unas com os minérios que enchem as veias das montanhas...

❖

O fato é que as pessoas mais progressistas dão coisas ao futuro e por isso devem ser duras com o presente; elas não têm pão para os famintos – por mais que assim lhes pareça... elas têm pedras, que aos contemporâneos parecem ser pão e alimento, mas que no fundo servirão de alicerce para os dias vindouros, algo que elas não devem dar de presente. Pense na liberdade infinita do indivíduo sem fama e desconhecido; é *essa* liberdade que o filósofo deve conservar para si; ele pode ser uma pessoa nova todo dia, um *refutador de si mesmo*.

❦

Considero a arte o esforço de um indivíduo em chegar a um acordo com todas as coisas, as menores e as maiores, para além do estreito e obscuro, e, nesses consistentes diálogos, aproximar-se das fontes últimas, silenciosas de toda vida. No interior desse indivíduo, os segredos das coisas se fundem com suas mais profundas sensações e se tornam audíveis para ele, como se fossem seus próprios anseios. A rica linguagem dessas confissões íntimas é a beleza.

❦

Um objeto de arte é impiedoso e deve sê-lo.

❦

Sentimo-nos tentados a explicar a obra de arte da seguinte maneira: como uma confissão profundamente interior que é divulgada sob o pretexto de uma lembrança, uma experiência ou um evento e, liberta de seu criador, pode existir por conta própria. Essa independência da obra de arte é a beleza. Com toda obra de arte vem ao mundo algo novo, uma coisa a mais. Alguém pensará que essa definição acomoda tudo: das catedrais góticas de Jehan de Beauce[3] a um móvel do jovem Van der Velde[4].

❦

---

[3] Canteiro francês, séculos XV–XVI.
[4] Artesão belga, séculos XIX–XX.

Não espere que eu fale de meu esforço interior – devo me manter calado a respeito; seria aborrecido, mesmo para mim, prestar contas de todas as mudanças de fortuna que eu teria de sofrer em minha batalha por concentração. Essa inversão de todas as forças, essa mudança de direção da alma nunca ocorre sem inúmeras crises. A maioria dos artistas a evita por meio de distrações. Mas é por isso também que jamais chegam a tocar seu centro de produção, donde partiram no momento de seu mais puro elã. Toda vez, no início do trabalho, é preciso refazer para si essa inocência primeira, retornar ao local ingênuo onde o anjo se revelou a você quando lhe passou a primeira mensagem sedutora; é preciso reencontrar, por trás das amoreiras silvestres, a cama onde então se caiu no sono. Dessa vez não se irá dormir ali, mas suplicar e gemer – não importa; se o anjo se dignar vir, será porque você o convenceu, não com lágrimas, mas com sua humilde decisão de começar sempre: *ser um iniciante*!

❧

Não pense você, artista, que seu teste esteja em seu trabalho. Você não será quem afirma ser, nem aquilo que uma ou outra pessoa possa considerá-lo por não saber muito a respeito, enquanto o trabalho não tiver se tornado sua natureza a tal ponto que você não *poderá* senão provar-se nele. Trabalhando desse modo, você é o dardo magistralmente lançado: leis lhe são passadas das mãos da lançadora e chegam ao alvo com você. O que seria mais seguro do que o vôo?

Seu teste, porém, será o fato de que você nem sempre é lançado. De que a lançadora de dardos chamada solidão não o escolhe durante tanto tempo que acaba por esquecê-lo. Esse é o período das provações, em que você se sente não usado, incapaz. (Como se já não fosse ocupação suficiente estar preparado!) Então, quando você se encontra ali deitado, sem muito peso, as distrações usam você para testar suas habilidades e tentam descobrir de que outro modo você quer ser empregado. Como bengala de um cego, como uma das estacas de uma cerca, ou como a vara de equilíbrio de um funâmbulo. Ou elas são bem capazes de plantá-lo no solo do destino, para que o milagre das estações aconteça e você talvez brote pequenas folhas verdes de felicidade.

❖

Várias vezes eu disse a mim mesmo que a arte, tal como a conheço, é um movimento contra a natureza. Sem dúvida, Deus jamais previu que algum de nós faria esse terrível retorno sobre si mesmo, o qual não seria permitido senão ao santo, pois este pretende assediar seu Deus atacando-o de um lado imprevisto e mal defendido. Mas quanto a nós, que não somos santos, de onde nos aproximamos de nós virando as costas para os eventos, para nosso futuro – e até mesmo para nos lançarmos no abismo de nosso ser que nos engole, sem essa espécie de confiança que nos leva lá e que parece mais forte que a gravitação de nossa natureza? Se a idéia do sacrifício é a de que o momento de maior perigo coincide com aquele em que se é salvo, decerto não há nada mais semelhante ao sacrifício do que essa terrível vontade da arte. Como ela é tenaz, como é insensata! Tudo o que os outros esquecem para tornar a vida possível vamos sempre desvelar e até mesmo aumentar; somos os verdadeiros reveladores de nossos monstros, aos quais nem nos opomos o suficiente para vencê-los; pois em certo sentido nos encontramos em acordo com eles; são eles, esses monstros, que retêm a força extra indispensável aos que querem superar a si mesmos. A não ser que se dê ao ato da vitória um sentido misterioso e muito mais profundo, não cabe a nós considerarmo-nos os domadores de nossos leões interiores. Mas, de repente, nos percebemos marchando ao lado deles como num triunfo, sem conseguir lembrar o instante em que se realizava essa inconcebível reconciliação (uma ponte que mal se verga e liga o terrível ao terno).

❖

Mesmo quando a música fala, ela ainda não fala a nós. A obra de arte perfeitamente criada só tem a ver conosco *na medida em que* sobrevive a nós. O poema entra na linguagem a partir de dentro, de um lado que está sempre voltado para a direção contrária a nós; ele preenche a linguagem de modo maravilhoso, subindo nela até a borda – mas a partir desse ponto está fora de nosso alcance. As cores encontram expressão na pintura, mas estão entremeadas nela como a chuva na paisagem; e o escultor mostra à pedra apenas como se fechar em si mesma do modo mais magnificente. A música, por certo, é uma essência mais próxima, aflui em nossa direção, nós obstruímos seu caminho e ela nos atravessa. Ela é quase como o ar de regiões superiores, nós o inspiramos até os pulmões do espírito e ele nos concede um sangue mais vasto na circulação oculta. Mas *quão longe* ela alcança além de nós! Mas *quão longe* ela avança sem consideração por nós! Mas *quanto* ela carrega ao nos atravessar em cheio e nós não a pegamos! Ah, nós não a pegamos, ah, nós a perdemos!

❖

Na arte, se alguém tem tempo para perseverar e oferecer uma obra inteira, as oposições, até mesmo as conceituais, são necessárias e podem no fim constituir uma espécie de ritmo alternante.

❖

Quem entre nós não deveria se empenhar sobretudo por isto: estar tão certo de suas habilidades a ponto de possuir na consciência os contrapesos certos para o julgamento que vem de fora?

❖

[S]e toda arte é religiosa no início, em todos os casos ainda é verdade que ela reconstitui em imagens o Deus há muito completo e quase esquecido de novo, pintando-o de uma lembrança ainda fresca. E artistas pios também podem ter preservado essa memória, como a mãe de uma criança que morreu dois ou três dias após o nascimento e para a qual a doçura da posse emocional se fundiu milagrosamente com a dor, criando uma sensação rara que parece abarcar todas as sensações do mundo.

❖

Quem se entregou à arte e hoje se digladia dentro dela, tendo renunciado a tudo o mais, este se tornou austero, veja você. É mais provável que ele advirta os outros do que os convide a entrar numa área das mais colossais exigências e dos mais indescritíveis sacrifícios. E a situação é relativamente mais simples para quem se senta à própria escrivaninha, atrás de portas fechadas: ele tem de se resolver apenas consigo mesmo. Mas o ator, mesmo quando parte das exigências mais puras de seu ser, está no espaço aberto e faz seu trabalho no espaço aberto, exposto a todas as influências, distrações, distúrbios e até mesmo hostilidades que se originam em seus colegas e no público e o interrompem, desviam, racham. Para ele as coisas são mais difíceis do que para qualquer outro; acima de tudo, ele necessita atrair o sucesso e se orientar por ele. E, no entanto, que miséria quando ele, por isso, desiste da orientação interna que o impeliu até a arte. Ele parece não ter personalidade própria; sua profissão consiste em deixar que outros lhe digam como ser. E o público, tão logo o tenha aprovado, quer mantê-lo nos limites que lhe são agradáveis; e, todavia, sua produção depende totalmente de sua capacidade de preservar a constância interna, através de todas as mudanças, cegamente, como um louco. Toda rendição ao sucesso decerto lhe traz a ruína, assim como a ruína do pintor e do poeta é render-se e incluir o aplauso como uma precondição de sua criação.

❧

Assim como um cachorrinho novo não busca outra coisa senão tornar-se um cachorro e tão cachorro quanto possível, é preciso crescer e tornar-se arte como a forma de existência para a qual se tem coração e pulmão, como a única opção apropriada. Quando vem de fora, isso não passará de um disfarce ruim, e a vida, honesta como é, incumbe-se de rasgá-lo.

❧

Esse jogo de aceitação e recusa, em que se pode muito perder e muito ganhar, constitui para a maioria das pessoas o "passatempo" da vida e conserva seus estímulos. O artista pertence àquele grupo que, com um único consentimento irreversível, renunciou ao ganho e à perda: ambos não existem mais na lei, no reino da pura obediência.

Essa definitiva e livre afirmação ao mundo move o coração para outro plano de vivência. Os votos que a escolhem não se chamam mais felicidade e infelicidade; seus pólos não são mais marcados com vida e morte. Sua medida não é a distância entre os opostos.

Quem ainda pensa que a arte representa o belo que tenha um oposto (esse pequeno "belo" deriva do conceito de gosto)? Ela é a paixão pelo todo. Seu resultado: equanimidade e equilíbrio da completude.

❧

Não consigo imaginar que as artes individuais cheguem a ser separadas o suficiente. Essa postura confessamente exagerada tem talvez seu mais sensível motivo no fato de que eu mesmo, muito propenso à pintura, precisei quando jovem me decidir por outra arte para fugir da distração. E essa resolução ocorreu com certa exclusividade apaixonada. Aliás, por experiência própria, penso que todo artista, enquanto produz, deve, em benefício da intensidade, considerar *seu* meio de expressão o único, por assim dizer; pois, do contrário, suporia fácil que esta ou aquela peça do mundo não é exprimível de modo algum com *seus* meios e acabaria caindo na mais interna lacuna *entre* as artes individuais, escancarada o suficiente e transposta apenas pela tensão vital dos grandes mestres renascentistas. *Nós* nos encontramos diante da tarefa de decidir puramente, cada um sozinho, qual é sua única forma de expressão; e, para cada criação a ser realizada *em uma* área, todo auxílio vindo de outras artes é debilitante e perigoso.

❧

Deve-se recomendar liberdade apenas a quem sabe o que é a infinita responsabilidade. No fundo da arte, não há mais regras que se possam escrever, mas há momentos da mais pura legislação para aquele que se submete a ela num sentido último!

❧

A questão de se a arte deve ser experienciada como um grande esquecimento ou uma compreensão maior é talvez apenas aparentemente passível de uma resposta inequívoca. Poder-se-ia imaginar que ambos os pontos são válidos: uma certa rendição, que se aproxima do esquecimento, poderia constituir os estágios preliminares de novas compreensões, uma espécie de traslado para um plano superior da vida, em que então começa um avistar mais maduro, maior, um olhar com olhos descansados, frescos. Não haveria, é claro, nada mais errado do que permanecer no esquecimento. Creio que muitas pessoas, quando confrontadas com essas artes que aparecem com forte imponência (a música, por exemplo), amiúde não fazem outra coisa senão se entregar confortavelmente a elas. Isso (eu temo) deve ser o que a maioria entende, muito apropriadamente, por "fruição" da arte, uma indolência à custa das abundâncias atuantes na obra de arte. Aqui também começa o burlesco mal-entendido do bom burguês, que logo relaxa quando vê realizada alguma coisa que está além de sua compreensão. Por fim, será uma matéria de consciência espiritual saber até que ponto se pode afundar numa impressão artística ou, nela insistindo, até que ponto se devem manter os olhos abertos. Muitas vezes, a música pôde simplesmente me trazer "esquecimento". Mas quanto mais me tornei perceptivo mediante imagens, esculturas e livros, diversas vezes por caminhos longos, tanto mais preparado também me tornei em relação à música, e menos capaz ela é de me inundar inteiramente e de me fazer acreditar numa transformação em que, afinal, eu não saberia me manter para além do momento de sua ocorrência.

❖

O trabalho artístico tem muitos perigos, e, em casos individuais, com freqüência não se pode reconhecer com clareza se avançamos ou se somos impelidos para trás pela afluência de forças extraordinárias com que nos envolvemos. Nesses casos, é necessário esperar e resistir, e isso sempre foi muito difícil para mim. Negligencio todo o resto enquanto estou trabalhando, de modo que durante tais intervalos falta-me tudo, até mesmo o lugar onde se poderia aguardar tal decisão. Provavelmente jamais observei com tão grande paixão, como no ano passado, pessoas envolvidas com algum trabalho bom, equilibrado, algo que alguém sempre "pode" fazer e que depende mais de inteligência, reflexão, discernimento, experiência – sabe-se lá o quê – do que das tensões violentas da vivência interior, sobre as quais ninguém tem poder. Elas não são exaltações, com certeza não, pois do contrário não poderiam levar a cabo algo tão indescritivelmente real na esfera espiritual, mas são, em seu impacto e repercussão, de tal desmesura que se pensaria que o coração é incapaz de suportar coisas tão extremas oscilando de um lado ao outro.

❖

Notei com freqüência quanto a arte é uma questão de consciência. Nada é tão necessário no trabalho artístico como a consciência: ela é a única medida. (A crítica não o é, e até mesmo a aprovação ou a rejeição de outras pessoas fora do âmbito crítico só podem, muito raramente e sob condições inequívocas, tornar-se uma influência.) Por isso é muito importante não abusar da consciência nos anos iniciais, não se enrijecer do lado em que ela reside. Ela deve permanecer leve em tudo; é preciso senti-la tão pouco como se sente um órgão interno, afastado de nossa vontade. Mas é preciso atentar para a mais silenciosa pressão que ela exerce, do contrário a balança na qual mais tarde será preciso testar cada futura palavra dos versos perde sua extrema mobilidade.

❖

O olhar artístico teve primeiro de superar-se até o ponto de ver, também no horrível e no aparentemente repulsivo, apenas o ser que é *válido* como tudo o mais é. Assim como o artista não pode escolher aquilo que deseja contemplar, ele tampouco pode desviar o olhar de qualquer forma de existência: uma única rejeição, em algum momento, expulsa-o do estado de graça, fazendo dele um completo pecador.

Este deitar-se-com-o-leproso e compartilhar com ele todo-o-calor-próprio, incluindo o calor do coração das noites de amor, em algum momento deve ter estado na existência de um artista, como superação até sua nova bem-aventurança. [...] Por trás dessa entrega começa, com pequenas coisas, a santidade: a vida simples de um amor que se impôs e que, sem jamais se vangloriar disso, caminha para tudo, desacompanhado, discreto, sem palavras.

❦

O "único trabalho", como você diz, a luta interna em direção a Deus, não precisa necessariamente sofrer ou perecer por aplicarmos nossas forças no que parecem ser esforços mais superficiais. Não esqueça que em épocas quando o trabalho artesanal, por exemplo, ainda tinha o calor da vida, quase todos os seus ritmos e repetições fizeram Deus crescer naqueles corações simples; de fato, o incomparável privilégio do ser humano se revela talvez do modo mais radical quando alguém consegue introduzir a secreta grandeza de suas relações num objeto pequeno, singelo. A aglomeração de confusões que complicam a transparência e a ordem de nossos dias atuais aumentou perigosamente pelo fato de que os chamados da arte são muitas vezes entendidos como chamados *à* arte. Assim, os fenômenos da atividade artística – poesias, pinturas, esculturas e as criações flutuantes da música –, em vez de estenderem sua eficácia até a vida, chamaram mais e mais para fora dela pessoas jovens, promissoras. Esse mal-entendido priva a vida de muitos elementos pertencentes a ela, e o âmbito da arte, no qual no fim apenas alguns indivíduos grandes permanecem de forma legítima, abarrota-se com os seduzidos e os refugiados. A poesia deseja nada menos do que despertar no leitor o possível poeta... e a pintura concluída diz, antes de tudo, isto: veja, você não tem que pintar; eu já estou aqui!

Desse modo, deveríamos, por fim, chegar a um acordo preciso a respeito *disto*: a arte não tenciona finalmente criar mais artistas. Ela não tenciona chamar ninguém para junto de si; e minha suspeita é sempre a de que ela não dá a mínima atenção a seus efeitos. Mas, na medida em que suas criações, brotadas irreprimivelmente de sua origem inesgotável, põem-se estranhamente calmas e superiores em meio às coisas, poderia acontecer que, involuntariamente, elas se tornassem de algum modo exemplares para *toda* atividade humana, por sua ausência de auto-interesse, sua liberdade e intensidade inatas.

❖

Já muito cedo percebi que estava na essência de certas criações do espírito não se sentirem seguras o suficiente em nós e junto a nós; é, por assim dizer, sua própria propulsão que as ergue ou as transpõe para outra esfera superior onde elas, independentemente de nossa transitoriedade, têm chance de durar um tempo. Ocupa-me cada vez mais observar quão pura é essa duração da obra de arte, pois ela cria a partir de si mesma seu próprio espaço, que apenas ao olhar superficial parece idêntico à espacialidade pública, a qual evidentemente afirma ter tomado posse dessa nova coisa.

❖

As comoventes obras de arte de artistas anônimos que se conservaram não perdem de modo algum seu efeito e presença pelo fato de não podermos ligá-las ao destino e dados de seus autores. Mas, quanto às pessoas que se confrontam com um objeto de arte cujo criador ainda está vivo ou pelo menos ainda pode ser reconhecido, faz-se a elas um favor muito barato esclarecendo-lhes sobre ele. A indiscreta publicidade de nossa época tem à disposição todo tipo de aparato para apreender e avaliar o autor por trás de seu pretexto, e os próprios artistas foram ao encontro da mais violenta curiosidade e até mesmo se anteciparam a ela de todos os modos possíveis...

❖

Parece-me que não se reconheceu o perigo que essa contínua exposição do artista criador apresenta àqueles que ainda estão no processo do devir. Ou talvez – para dizê-lo maldosamente – as pessoas *queiram* esse perigo para, por fim, lidar a contento com esse ofício supérfluo. No contexto de tais revelações, a situação da obra de arte fica cada vez mais problemática. O público há muito esqueceu que ela não é um objeto oferecido a ele, mas um objeto que foi puramente posto numa existência e duração imaginárias, e que seu espaço, justo esse espaço de sua duração, é apenas aparentemente idêntico ao espaço dos movimentos e transações públicos. A vaidade do artista, de um lado, e de outro seu amolecimento e enfraquecimento por acreditar que concede um auxílio e um poder curativo imediatos aos necessitados, levaram-no a fortalecer e complicar incessantemente as conclusões errôneas do receptor da arte. Diante dessa fatalidade, parece-me que a maior, até mesmo mais urgente tarefa da pesquisa sobre a arte seja criar para a obra artística sua situação particular, indescritível, que em épocas anteriores lhe era facilitada pela natural presença de espaços em branco, atemporais, reservados ao divino.

❖

Na arte é possível apenas permanecer no "que já sabemos e dominamos"; prosseguindo nessa esfera, ela cresce e sempre conduz de novo para além de nós mesmos. As "últimas suspeitas e descobertas" aproximam-se apenas de quem está e permanece no trabalho, penso eu, e aquele que as contempla de longe não adquire poder algum sobre elas. Mas isso tudo já pertence demais ao âmbito das soluções pessoais. No fundo, não nos concerne como alguém faz para crescer, se ele ao menos cresce e se ao menos seguimos na pista da lei de nosso próprio crescimento...

❖

Tão logo um artista tenha encontrado o centro vivo de sua atividade, nada lhe será mais importante do que se manter nele e jamais se afastar dele (que é também, claro, o centro de sua natureza, de seu mundo) além das paredes internas de sua própria produção que se expande de forma serena e estável. Seu lugar não é *jamais*, nem mesmo por um momento, ao lado do espectador e do crítico (pelo menos não mais num ambiente em que o visível desceu, em toda parte, ao ambíguo e provisório da construção auxiliar, do andaime para alguma outra coisa). E também é quase necessária uma destreza acrobática para, deste ponto de observação, pular de volta ao centro interior com precisão e sem danos (as distâncias são muito grandes, e todos os lugares são, em si, muito instáveis para uma tal façanha eminentemente marcada por curiosidade). A maioria dos artistas consome sua força nesse vai-e-vem; e eles não só a esgotam como também se confundem terrivelmente e perdem uma parte de sua inocência essencial para o pecado de terem surpreendido sua arte desde fora, de terem sentido seu gosto e de a terem desfrutado com os demais!

❖

Parece que tudo isso poderia ser melhorado assumindo-se a postura sobre a qual escrevi recentemente, e também me ocorreu que deve ser possível evocá-la e alcançá-la, porque ela talvez não seja outra coisa senão a atenção. Há pouco tempo, testei isso no Louvre. Já havia estado lá várias vezes, e nessas ocasiões era como se eu estivesse presenciando uma ação ininterrupta: coisas não cessavam de acontecer diante de mim. E então, recentemente, havia apenas imagens e um excesso de imagens, e em toda parte alguém de pé, e tudo era um estorvo. Foi então que me perguntei: por que hoje foi diferente? Eu estava cansado? Sim. Mas em que consistia esse cansaço? Consistia no fato de eu ter permitido que todas as idéias e pensamentos possíveis me ocorressem;

no fato de todas as coisas possíveis me atravessarem como a água atravessa o reflexo, diluindo meus contornos em algo fluido. E disse para mim mesmo: não quero mais ser o reflexo, mas o que está em cima. E virei-me de um modo que não me encontrei mais de cabeça para baixo e, por um breve instante, fechei os olhos e me recolhi e retesei meus contornos, como se retesam as cordas do violino até que as sentimos firmes e ressoantes, e, de repente, soube que estava inteiramente no contorno como um desenho de [Albrecht] Dürer e, assim, caminhei em direção à *Mona Lisa* e ela era sem igual. Veja você... é isso, portanto, o que alguém deverá ser capaz de fazer uma vez. Não esperar (como aconteceu até agora) que coisas fortes e bons dias nos transformem em alguma coisa assim, mas nos antecipar a eles e já sê-la nós mesmos: é disso que devemos ser capazes uma vez. E então tudo não será trabalho? Pois o que é improdutivo nesse estado? Há uma terra negra deliciosa dentro de nós, e nosso sangue deve apenas se mover como o arado e os sulcos fazem. E então, enquanto estamos no meio da colheita, em alguma outra parte a semeadura já começou de novo...

❧

O terrível na arte é que, quanto mais longe avançamos, tanto mais ela nos impõe uma tarefa extrema, quase impossível. Nesse ponto, sucede na alma o que, em outro sentido, pretende dizer a mulher no poema de Baudelaire quando ela repentinamente exclama no grande silêncio da noite de lua cheia: *Que c'est un dur métier que d'être belle femme.*

❧

A arte não deve ser considerada uma *seleção* que se faz do mundo, mas a total transformação dele em magnificência. A admiração com que a arte se atira às coisas (a todas, sem exceção) deve ser tão impetuosa, forte, radiante, que o objeto não tenha tempo de se lembrar de sua própria feiúra ou abjeção. No horror não pode haver nada tão desconcertante e contraditório que a múltipla ação da atividade artística não deixe para trás com um grande e positivo excedente, na forma de uma coisa que afirme a existência, deseje o ser: como um anjo.

❖

O objeto é definido, o objeto de arte deve ser ainda mais; afastado de todo acaso, liberto de toda obscuridade, desprendido do tempo e entregue ao espaço, tornou-se duradouro, capaz de eternidade. O modelo *parece*, o objeto de arte *é*. Assim, este é o progresso inominável para além daquele, a realização silenciosa e crescente do desejo de ser que emana de tudo na natureza. Com isso cai por terra o engano que tentava tornar a arte o ofício mais arbitrário e vaidoso; ela é o mais humilde serviço e inteiramente sustentada pela lei.

❖

Veja: não quero separar com um rasgo vida e arte: sei que em algum momento e lugar elas estão de comum acordo. Mas sou um desajeitado na vida, e, por tal razão, quando a vida se estreita ao meu redor, isso com freqüência é uma estagnação para mim, um retardamento que me faz perder um monte de coisas, tal como às vezes num sonho quando não se consegue acabar de se vestir e, por causa de dois botões teimosos no sapato, falta-se a um evento importante e único. E também é verdade que a vida se move e realmente não deixa tempo para faltas e muitas perdas, especialmente para quem deseja desfrutar da arte. Pois a arte é uma coisa muito grande e muito difícil e muito longa para uma vida, e aqueles que têm idade bem avançada são apenas iniciantes nela. "Foi aos 73 anos que mais ou menos compreendi a forma e a natureza verdadeira dos pássaros, dos peixes e das plantas" – escreveu Hokusai, e Rodin sentiu o mesmo, e também se pode pensar em Leonardo, que ficou bastante idoso. E eles sempre viveram em sua arte e, reunidos em volta dela apenas, deixaram tudo o mais ser coberto pela vegetação. Mas como não deveria ter medo alguém que raramente vai a seu santuário, porque cai nas armadilhas exteriores da vida rebelada e se choca insensivelmente em todos os obstáculos? É por isso que quero encontrar o trabalho, começar o dia útil de forma tão ardente e impaciente, porque a vida só pode se tornar arte quando primeiro se torna trabalho. Sei que não posso cortar minha vida dos destinos com que se emaranhou, mas tenho de encontrar a força para erguer a vida totalmente, tal como ela é, com tudo, para dentro de uma quietude, de uma solidão, do silêncio de profundos dias de trabalho.

❦

Esta é a base para toda criação artística: manter alerta a consciência mais interior, que nos anuncia, para cada vivência expressa, se ela, tal como agora se encontra, pode ser totalmente justificada em sua veracidade e pureza. E essa base deveria ser criada até mesmo quando uma inspiração, conservada num estado de suspensão, pode, por assim dizer, prescindir do chão.

❦

Toda atividade criativa, até mesmo a mais produtiva, serve apenas para estabelecer certa constante interna. E talvez a arte seja assim porque algumas de suas mais puras criações garantem a obtenção de um ajuste interno mais confiável (e muito mais coisas!). Justo em nossa época, em que a maioria das pessoas é impelida ao trabalho artístico (ou pseudo-artístico) por ambição, é impossível insistir o suficiente nessa base última, de fato, única, do julgamento da arte, uma base tão profunda e secreta que o mais inconspícuo serviço que se preste a ela merece, mais do que nunca, ser equiparado ao mais conspícuo e famoso (a produção real).

❖

O artista, a quem não se concede lugar algum em nossa época (a qual o explora e abusa dele ao máximo), precisou se tornar, segundo suas inclinações, alguém que se esconde ou que se impõe a um destino tão geral e notório que apenas uma minúscula fração desse desastre pode ser imputada ao criador individual, como algo característico dele. Agora, por favor, não me entenda mal: quando censuro nossa época por não ter espaço genuíno e necessidade pura para o artista, não há nisso reprovação alguma contra esse tempo em que vivemos. Nada é mais desperdiçado e absurdo do que condenar as condições dessa época presente, que constitui, determina e move cada um de nós a todo momento. É o nosso presente, e pertencemos a ele, queiramos ou não, e apenas através dele e com seus meios alcançamos (ocasionalmente) além dele.

No entanto, deve-se permitir dizer que atualmente certas atividades encontram dificuldade em se firmar e que a vontade artística manifesta em alguns de nossos contemporâneos parece especialmente ameaçada, já não tanto por oposições e contradições, mas, antes, por um excesso de múltiplas e desordenadas necessidades que, desapontadas e curiosas ao mesmo tempo, pretendem se satisfazer todas na arte.

❖

Nossa época não é mais excelente nem mais insignificante do que alguma outra. Não intenciono repreendê-la, mas apenas descrevê-la, quando presumo que ela não saiba aproveitar as forças que lhe são oferecidas: ela se alterna em desprezá-las e orgulhar-se delas em vez de usá-las. Como todo presente, ela também tem ciúme do futuro, e, sempre que algo futuro aponta no horizonte, ela emprega sucessivamente dois meios para torná-lo inofensivo: até onde consegue, ela se opõe ao novo, para então, se ele ainda persistir, subitamente adotá-lo como um menor de idade. Assim, ela de certo modo revoga todo profetizador, primeiro contradizendo-o e depois (mais dissimuladamente) criando discípulos: não há salvador que não tenha sido tentado por esse destino.

❦

Para que algo se torne arte, deve ter um grau de oscilação *superior* que, graças à sua natureza, supere o de objetos em seu uso cotidiano ou de expressões da comunicação diária. E uma conseqüência secundária desse grau de oscilação é a intenção de estabelecer para essa nova criação, que ultrapassa o transitório e – falando de modo banal – o privado, uma situação em que ela dure e sobreviva longa e, de certo modo, mundanamente. Não se pode falar de "efeito" aqui, nem mesmo em relação à exposição real da criação, apenas acidental para um fenômeno que, por si mesmo, nasceu como parte de contextos maiores. O que você criar com essa postura, dentro, ao lado ou apesar de qualquer profissão escolhida, você sempre terá razão em transcrevê-lo, não importa se alguém o veja ou conheça – cada palavra criada dessa maneira o ajudará e, além disso, um dia lhe dirá a que lugar ela pertence.

❦

As coisas animadas, vivenciadas e *cientes de nossa existência* caminham para o fim e não podem mais ser substituídas. *Somos talvez os últimos que ainda terão conhecido tais coisas.* Cabe a nós a responsabilidade de não apenas conservar *sua* lembrança (isso seria pouco e não confiável), mas também seu valor humano e lárico ("lárico" no sentido de divindades do lar).

❦

A arte promete o mais distante e até mesmo o mais remoto futuro. Por essa razão, uma multidão que apaixonadamente estende a mão para pegar o futuro mais próximo sempre terá uma inclinação iconoclasta. Para o olhar inexperiente e exaltado, o poder do que é inteiramente futuro se assemelha à autoridade do passado a ponto de se confundir com ela.

❖

A revolução significaria para mim uma pura e simples legitimação do homem e do trabalho que ele goste de fazer e domine. Todo programa que não põe *esse* objetivo em seu fim me parece tão sem perspectiva como qualquer um dos regimes e governos anteriores...

❖

Segurança além daquela que se encontra na poesia, na pintura, na equação, no edifício e na música talvez possa ser alcançada apenas pelo preço da mais definida delimitação. E uma pessoa estabeleceria tal segurança cercando-se e contentando-se num segmento escolhido do mundo, fruto de reflexão ou experiência, num ambiente de familiaridade e significação, em que um imediato uso de si mesma se tornasse necessário e possível. Mas como poderíamos desejar isso? Nossa segurança deve, de alguma maneira, tornar-se uma relação com o todo, com uma completude; ser seguro significa para nós tornar-se cônscio da inocência da injustiça e admitir a realidade fenomênica do sofrimento; significa rejeitar nomes para reverenciar por trás deles as criações e as conexões únicas do destino, como convidados; significa permanecer imperturbável em relação ao alimento e à privação, até o fundo da esfera espiritual, tal como com relação ao pão e à pedra; significa não suspeitar de nada, não expulsar nada, não considerar nada para o outro; significa viver, para além de todo conceito de propriedade, em apropriações (não proprietárias, mas alegóricas).

E, por fim, embora isto não se aplique ao âmbito burguês, fazer-se entender a respeito desta segurança ousada: ela é, afinal, o último ponto em comum, de fundação de nossas ascensões e declínios. Conceber a insegurança nos maiores termos – numa insegurança infinita, a segurança também se torna infinita...

❊

Realmente há uma diferença entre a arte como um modo de viver ou apenas como uma ocupação. A primeira é, no entanto, tão imensa, tão lenta e talvez alcançável apenas na velhice que você não tem razão alguma para se colocar entre as pessoas que portam esse estranho nome. Só os realmente grandes *são* artistas nesse estrito, mas exclusivamente verdadeiro sentido de que a arte se lhes tornou um modo de vida – todos os outros, todos nós, que apenas ainda nos ocupamos com a arte, deparamos uns com os outros no mesmo vasto caminho e nos saudamos com a mesma silenciosa esperança e ansiamos pela mesma remota mestria.

❊

A confusão que cerca toda criação artística teria atingido um grau extremo se fosse exigido ao criador que, em qualquer momento dado, vencesse e neutralizasse os demônios que ele incita, ou se aquela obra de arte que fornece o auxílio mais útil e imediato fosse considerada a mais pura. Sejamos precisos: o artista é alguém acometido por uma obrigação interna, alguém que tenta alcançar *dentro de si,* sob condições jamais repetíveis, uma ordem muitas vezes humanamente incompreensível e cosmicamente pensada. E a obra de arte, como a condensação mais misteriosa e impiedosa desse processo, muito longe de ser um remédio, está autorizada, segundo sua natureza, a afligir e causar dor na mesma medida em que, ocasionalmente, acalma e fortalece. Visto esperarmos que o artista seja modesto de modo que possa cumprir essa imprevisível tarefa, seria o cúmulo da arrogância reivindicarmos o direito de saber e julgar por nós mesmos o que, em última análise, nos trará a consolação e a felicidade mais profundas.

Sobre fé

Uma direção do coração

Religião é algo infinitamente simples, simplório. Não é conhecimento, nem conteúdo de nossas emoções (pois todos os conteúdos já foram acrescentados desde o início, onde quer que um ser humano se envolva com a vida). Não é dever, nem renúncia; não é limitação, mas, na perfeita vastidão do universo, ela é uma direção do coração. Assim como um ser humano anda e pode perder-se para a direita e para a esquerda, e tropeçar e cair e levantar-se, e cometer injustiça aqui e sofrer injustiça ali, e ser maltratado aqui e querer mal e maltratar e entender mal alhures, tudo isso se transfere para as grandes religiões e conserva e enriquece nelas o deus que é seu centro. E o homem, ainda vivendo na periferia extrema de tal círculo, *pertence* a esse centro poderoso mesmo que tenha voltado o semblante para ele apenas uma vez, talvez às vésperas da morte. Que o árabe em determinadas horas se volte para o Oriente e se prostre, *isso* é religião. Dificilmente é "fé". Não tem um contrário. É um movimento natural dentro de uma existência pela qual o vento de Deus desliza três vezes por dia se somos pelo menos isto: flexíveis.

A oração é um raio de nosso ser que repentinamente se incendiou, é uma direção infinita e sem meta, é um paralelismo brutal de nossas aspirações que atravessam o universo sem chegar a lugar algum.

❖

Fé! Isso não existe, eu quase diria. Existe apenas o amor. A maneira pela qual se força o coração a tomar por verdadeiro isso e aquilo, que habitualmente se chama fé, não tem sentido. É preciso primeiro encontrar Deus em algum lugar, experimentá-lo como tão infinita, tão extrema, tão colossalmente presente – então seja temor, seja espanto, seja falta de fôlego, seja, no fim, amor –, *qualquer que seja* a relação que se estabeleça com Ele, isso pouco importa. Mas a fé, essa coerção rumo a Deus, não tem lugar onde quer que alguém tenha iniciado a descoberta de Deus, que não pode mais ser interrompida, não importa o ponto do qual se tenha partido.

❖

Um tipo de mal-entendido quanto à "proteção" de Deus impregna nosso sangue e nos defrauda de uma liberdade que nos pertence e cuja primeira conseqüência (se soubéssemos usá-la) seria uma relação diferente com a morte.

O lapso entre nascimento e morte, sobre o qual escrevemos "eu", não é uma unidade de medida para Deus. Para Ele, vida + morte provavelmente constitui apenas uma lacuna graduada. Talvez uma *série* contínua de vidas e mortes seja necessária para que Deus tenha a impressão: *Um*, mas talvez apenas à criatura como um todo seja permitido chamar-se "eu" perante Ele, e tudo que se passa, surge e desaparece *dentro* da criatura seria então assunto dela... Devemos nos habituar a estar num intervalo da respiração de Deus, entre duas de suas inspirações, pois isso significa: ser no tempo. É concebível que Ele esteja ligado à criatura justo pelo ato mediante o qual se despojou dela. Então só o incriado teria um direito de se acreditar continuamente ligado a Deus.

O breve tempo de nossa existência é, presumivelmente, justo o tempo durante o qual perdemos a conexão com ele, caímos para fora dele e dentro da criação, *que Ele deixa sozinha*. Dependentes que somos de lembranças e pressentimentos, a tarefa mais urgente seria aplicar nossos sentidos no aqui e estendê-los até o ponto em que se fundem num único sentido da admiração.

❖

Assim como as expressões de toda língua se baseiam nas convenções sociais, a palavra "Deus" também resultou de uma determinação. Ela deveria conter tudo o que tivesse algum tipo de efeito sem que alguém fosse capaz de nomeá-lo e reconhecê-lo de outro modo. Por isso, quando o homem era muito pobre e sabia muito pouco, Deus era muito grande. Com toda experiência, algo caía fora de sua esfera de poder, e, quando Ele finalmente não possuía quase mais nada, a Igreja e o Estado reuniram para Ele algumas qualidades de utilidade pública que agora ninguém pode tocar.

❖

Você acha confuso que eu diga "Deus" e "deuses" e que eu me envolva com esses estatutos (exatamente como com o fantasma) por amor à completude, supondo que você imediatamente pensaria em alguma coisa com base nesses termos? Considere, por um momento, o sobrenatural. Concordemos que o ser humano, desde seus primórdios, criou deuses que, aqui e ali, continham apenas o que é morto e ameaçador e aniquilador e terrível, a violência, a ira, o atordoamento extrapessoal, enlaçados, por assim dizer, numa densa tessitura maligna: tudo o que é estranho, se você quiser, mas de certa maneira já admitido nessa estranheza que as pessoas perceberiam, suportariam e até aceitariam, por causa de certa afinidade e inclusão misteriosas, o seguinte: *o homem também era isso.* Contudo, não sabiam prontamente o que fazer com esse lado de sua própria experiência; eram coisas muito grandes, perigosas, multifacetadas, cresciam além de qualquer uma delas, atingindo um excesso de significado. Além das inúmeras exigências da existência visando ao uso e à realização, era impossível sempre carregar consigo essas condições difíceis de manejar e compreender. Por isso, as pessoas decidiram botá-las para fora. Como eram um excesso, o fortíssimo, de fato o *demasiado* forte, o poderoso, até mesmo o violento, o inconcebível, amiúde colossal, como não poderiam, reunidas em um só lugar, exercer sua influência, seu efeito, seu poder, sua superioridade? Porém agora, precisamente, do exterior. Não se poderia tratar a história de Deus como uma parte, por assim dizer, jamais adentrada da alma humana, uma parte sempre adiada, poupada e por fim abandonada, mas para a qual sempre existiu decisão e serenidade? A parte da alma que pouco a pouco deu origem a uma tensão no lugar para onde Ele tinha sido transferido e contra a qual o impulso do coração individual, sempre disperso e de novo sofrendo ínfimos ferimentos, mal entra em questão.

Veja, ocorreu o mesmo com a morte. Vivenciada e, contudo, não vivenciável para nós em sua realidade, sempre crescendo além de nós e, contudo, nunca muito admitida por nós; ofendendo e ultrapassando o sentido da vida desde o início, a morte também foi exilada, expulsa, para que não nos interrompesse continuamente na procura desse sentido. A morte, provavelmente tão próxima que absolutamente não podemos definir a distância entre ela e o centro interior da vida em nós, tornou-se algo externo, mantido diariamente a uma distância maior, que espreita alhures no vazio, para atacar um ou outro de acordo com uma seleção malévola. Cada vez mais, cresceu contra ela a suspeita de que era a contradição dos adversários, o oposto invisível no ar, que causava a extinção de nossas alegrias, a taça perigosa de nossa felicidade da qual poderíamos ser derramados a qualquer momento. Deus e morte estavam agora de fora, eram o outro, e nossa vida agora era o Um que, ao preço dessa exclusão, parecia se tornar humano, íntimo, possível, manejável e, num sentido unânime, nosso. Mas como restavam inúmeras coisas a organizar e compreender nesse, por assim dizer, curso da vida para iniciantes, nessa aula de pré-escola para a vida, e como jamais foi possível fazer distinções muito estritas entre tarefas resolvidas e outras apenas temporariamente adiadas, não houve progresso certo e confiável, nem mesmo nessa limitada moldura; ao contrário, as pessoas viviam como possível de ganhos reais e de somas mal calculadas. E de todo resultado ressurgia inevitavelmente, como erro fundamental, justo aquela condição cujo pressuposto servira de base para toda essa tentativa de existência. Como Deus e morte pareciam subtraídos de todo significado utilizado (não como algo do aqui, mas posterior, de alhures e outros), o pequeno ciclo do presente acelerou cada vez mais, e o assim chamado progresso tornou-se o evento de um mundo contido em si mesmo, que esqueceu que, fosse qual fosse seu modo de lidar com isso, tinha sido ultrapassado pela morte e por Deus desde o início e definitivamente. Isso poderia nos ter feito recobrar os sentidos, se tivéssemos conseguido manter-nos longe de Deus e da morte como se fossem meras idéias – mas a natureza nada sabia dessa repressão que de certo modo chegamos a efetuar. Se uma árvore floresce, floresce nela tanto a vida como a morte, e o campo está cheio de morte, que gera de seu semblante estendido uma rica expressão de vida, e os animais se movem pacientemente de uma a outra – e, em toda parte ao nosso redor, a morte ainda está em casa e olha para nós das fendas das coisas, e um prego enferrujado que aponta numa tábua não faz nada, dia e noite, senão se regozijar com ela.

E o amor também, que confunde os números entre as pessoas para introduzir um jogo de proximidades e distâncias em que temos apenas tanta importância quanto como se o universo estivesse cheio e não houvesse espaço a não ser dentro de nós; o amor tampouco leva em consideração nossas divisões, mas nos arrasta, trêmulos como somos, para dentro de uma infinita consciência do todo. Os amantes não vivem do aqui-e-agora despegado: como se jamais fora efetuada uma divisão, recorrem à colossal reserva de seus corações. A seu respeito pode-se dizer que Deus se torna verdadeiro para eles e que a morte não lhes causa dano: *pois eles são cheios de morte na medida em que são cheios de vida.*

Mas não é de experiência vivida que devemos falar aqui. É um segredo, embora não um segredo que se fecha, não algo que tem a pretensão de ocultar-se. É o segredo seguro de si mesmo, que permanece aberto como um templo, cujas entradas se vangloriam de serem entradas e que, entre colunas gigantescas, cantam que são os portais.

❋

A religião é a arte dos que nada criam. Na oração eles se tornam produtivos: formam seu amor e sua gratidão e seu anseio, e assim se libertam. Também adquirem uma espécie de cultura de curta duração, pois se soltam de muitos objetivos para agarrar apenas um. Todavia esse objetivo único não lhes é inato; é comum a todos. Mas não existe uma cultura comum. Cultura é personalidade; aquilo que é chamado desse modo numa multidão é consenso social sem fundamentação interna.

❋

Desde minha visita a Córdoba, sou de uma anticristandade quase violenta. Estou lendo o Alcorão, que, em certas passagens, assume para mim uma voz que habito com toda a força, tal como o vento no órgão. Aqui [na Espanha] pensamos que estamos num país cristão, mas isso há muito já acabou. Ele foi cristão enquanto se tinha coragem de cometer um assassínio a cem passos da cidade onde cresciam as inúmeras modestas cruzes de pedra, sobre as quais se encontra a simples inscrição: aqui morreu este ou aquele – era essa a versão local do cristianismo. Agora reina aqui uma indiferença sem limites, igrejas vazias, igrejas esquecidas, capelas mortas de fome – realmente ninguém deveria mais se sentar a essa mesa de refeição finda e fingir que as lavandas que ainda se encontram ali contêm alimento. A fruta foi chupada; agora é hora, dizendo grosseiramente, de cuspir as cascas. E, contudo, protestantes e cristãos norte-americanos continuam fazendo uma infusão com esse resíduo de chá que está em decocção há dois milênios. Maomé foi, em todos os casos, a alternativa mais próxima, rebentando como um rio através de montanhas pré-históricas rumo ao deus único, com o qual toda manhã se pode ter uma conversa tão grandiosa, sem o telefone "Cristo", no qual as pessoas chamam sem cessar "Alô, quem está aí?" e ninguém responde.

❧

Deus é a mais antiga obra de arte. Ele foi malconservado, e muitas partes foram acrescentadas mais tarde. Mas naturalmente é obrigação de toda pessoa culta poder falar sobre ele e ter visto seus restos.

❧

Todo amor é esforço para mim, trabalho, *exaustão*; apenas em relação a Deus encontro alguma leveza, pois amar a Deus significa adentrar, andar, parar, descansar e estar em toda parte no amor de Deus.

❧

Reluto (digo desde já) em considerar o amor a Deus uma ação separada, especial do coração humano. Suspeito muito mais que esse coração, toda vez que se surpreende a si mesmo impelindo para todos os lados um novo círculo adicional, além do círculo até agora mais externo de seus esforços – que esse coração, com cada um de seus progressos, rompe ou simplesmente perde seu objeto e então avança infinitamente com seu amor. Quem quisesse ter uma concepção dos ganhos de amor que Deus obtém chegaria a uma soma assustadoramente pequena se se eximisse a incluir esses valores emocionais que simplesmente se derramam, sem um dono, por assim dizer. O caso não é apenas que a atenção direta a Deus diminuiu em nossos dias, mas também sempre foi preciso subtrair dela todas as partes turvas e insensíveis que o esforço humano em chegar a Deus leva para a cama da oração. Basta consultar a vida de algum santo (por exemplo, a abençoada Angela de Foligno) para ver quanto endurecimento foi necessário para alguém não ser seduzido pela doçura de seu próprio ser, nem dilacerado por sua acridez. Quanto esforço modesto e constante é necessário para conectar o trabalho com Deus ali onde as fontes do coração saltam com ímpeto para fora, e como é importante alcançar essa conexão com tal rapidez que possamos nos precipitar em Deus frescos e não esgotados.

Será melhor, por enquanto, não empregar a palavra *fé*, tal como está deformada em nós, a fim de não espantar desde o início a inocente proximidade de Deus. Essa palavra adquiriu tal sentido adicional de coerção e esforço que se reconhecem nela apenas as longas fadigas de uma conversão e se esquece que a fé é apenas uma suave coloração do amor naquele lado em que o amor se volta para o invisível. Compreendo cada vez menos *o que* realmente nos bloqueia e nos distrai no amor a Deus. Por um tempo, pôde-se pensar que era a invisibilidade – mas desde então todas as nossas experiências não dão a entender que a presença de um objeto amado é, por certo, útil para o início do amor, mas acaba causando desgosto e dano ao seu crescimento futuro? E os destinos de todos os amantes, tais como nos foram transmitidos, não estão em concordância com essas experiências? É possível continuar ignorando nas cartas dos grandes abandonados o júbilo inconsciente que ressoa em seus lamentos toda vez que se dão conta de que seu sentimento não tem mais a pessoa amada diante de si, mas apenas seu próprio caminho atordoante, seu caminho bem-aventurado? Assim como no adestramento de um cavalo ainda recorremos por vezes a um torrão de açúcar até que esse motivo explícito não seja mais necessário para provocar a pura tarefa, um rosto querido ainda nos é mostrado por algum tempo, a nós que aprendemos tão devagar. Mas o verdadeiro ato de nosso amor começa apenas quando já não precisamos desse convite para irromper com todo o coração num amor ao qual basta o aceno de uma direção. Ou nosso amor não deveria ser o elemento central se ele, ao atirar-se para fora, não viesse à existência entre os elementos do espaço. Se ele fosse uma fome caprichosa, só surgiria por ocasião de um prato. Mas ele é a fome daqueles que nunca foram saciados, uma fome tão arraigada que não clama mais por pão, mas gera.

Que cada um pergunte a si mesmo se, num tempo em que amou, não sentiu a tentação de levar para relações mais vastas, para outros excessos o sentimento que devotou de modo exagerado a um único ser. Quem não se encheu de impaciência ao ver os raios de seu coração refratados diante de si e perdidos numa outra vida? Quem não turvou essa outra vida e a encheu de confusão quando, de repente, desejou rever um sentimento seu que já havia se dissolvido nessa vida, e segurá-lo junto a si no mesmo lugar de onde fora arrancado? Que ninguém possa mais ver que o amor que tinha realizado ontem produz a maior parte do terror entre dois indivíduos. Cada novo impulso se desprende impetuoso sob um deles, o qual, despertando, vê o outro onde teria dificuldade de ver a si mesmo. Quem, todavia, tenta amar a Deus não será privado de valor algum de seu coração. Ele vem e vê tudo o que fez e ergue até seu sentimento criado ontem o próximo sentimento em silente claridade.

❉

Vista de um futuro distante, a atitude cristã, o grande evento cristão, continuará parecendo uma das tentativas mais maravilhosas de manter aberto o caminho até Deus. Provar que essa pode ser a tentativa mais feliz é algo para o qual infelizmente nós e nossos contemporâneos não estamos capacitados, pois o cristianismo sempre é, diante de nossos olhos, incapaz de fornecer os contrapesos puros aos sobrepesos de nosso sofrimento.

❉

Pessoalmente estou mais próximo de todas as religiões em que o mediador parece menos essencial ou quase excluído. Mantê-lo "sofrendo", se posso me expressar assim, tornou-se cada vez mais um esforço e um resultado da mentalidade cristã. O difícil caminho torna-se local de destino, e várias forças que se lançariam com prazer em Deus retardam e se consomem ao longo do trajeto.

❉

Que pretensão acreditar que a religião se *deixaria* reprimir. Quem de nós duvida que a religião, diante de um lugar cercado por muros, encontraria mil outros acessos, que ela nos assediaria, nos atacaria onde menos esperássemos? E não é justo este o modo como a religião chega aos homens, de assalto em assalto? Ela ocorreu alguma vez na vida de outra forma que não a do inesperado, do indizível, do não-intencional?

❉

Não vou ocultar de você que considero o ponto de vista do crente um perigo para a precisão dos sentimentos, à qual habitualmente damos importância decisiva. Quando imagino que me tornaria católico praticante hoje, onde está a igreja que não me insultaria com as mesquinharias de suas gravuras e representações? Realmente deveria ser uma capelinha em ruínas, do tipo que encontrei na Espanha, que não será mais arrumada nem tocada por mão contemporânea alguma. No tempo de São Francisco, isso constituiu o solo sobre o qual a arte produziu suas mais ternas e livres florações. Entrar em contato com a igreja hoje significa tornar-se transigente com a inépcia, a frase doce, a imensa inexpressividade de suas imagens, orações e sermões.

❦

Por favor, não esqueça que me é incompreensível e indiferente toda devoção que não inventa, que repete o que já se disse, que se instala no presente com esperanças e abandonos. A relação com Deus, até onde tenho discernimento dela, pressupõe produtividade e pelo menos um tipo de gênio de invenção privado que não seja convincente para os outros. Um gênio que posso imaginar estendido ao ponto de, subitamente, não compreendermos o que se quer dizer com o nome Deus, de o repetirmos e pedirmos aos outros que o recitem para nós, dez vezes, sem entendê-lo, só para encontrá-lo inteiramente novo, em algum lugar em sua origem, em sua fonte.

❦

Quem pode ter certeza de que não nos aproximamos dos deuses pelas costas, por assim dizer; separados de suas sublimes e radiantes faces por nada a não ser eles mesmos e absolutamente próximos da expressão que tanto desejamos, mas simplesmente nos encontrando atrás dela? O que, porém, significaria isso senão que nosso semblante e a face de Deus olham para a mesma direção e que estão em concordância; e, assim sendo, como deveríamos nos dirigir a Deus saindo do espaço que ele tem à sua frente?

❖

No âmbito puramente espiritual, a Igreja, se concebida em termos vastos, poderia ser um círculo imensurável, o maior da Terra, que, por uma via quase invisível, leva ao eterno. Mas, para alguém (como eu mesmo) que está comprometido em tornar visível o que é espiritual, a arte deve ser inteligível como a periferia extremamente maior da vida (como a mais vasta, que leva ao infinito): do contrário, teria de renunciar a perseguir suas leis e manifestações nas obras que se originaram fora do âmbito da fé cristã e ainda se originam, aqui e ali, na mais pura validade. Dentro da Igreja cristã é possível trilhar caminhos até Deus que sejam da mais bem-aventurada ascensão e do mais profundo trabalho: isso é confirmado pelas provas colossais das vidas dos santos e, além delas, por várias sobrevivências fortes e sinceras, talvez em nossa vizinhança mais próxima. Mas essa convicção e experiência não excluem minha certeza de que as mais intensas relações com Deus podem, onde há necessidade e impulso para elas, desenvolver-se também na alma extracristã, em algum indivíduo lutador. Assim como toda a natureza, contanto que lhe permitam ter sua vontade, passa inesgotavelmente para Deus.

❖

Nunca a religião desistiu tanto de sua humildade interna, nunca se tornou mais presunçosa do que quando pensa que pode me consolar. A compreensão de nosso desconsolo seria ao mesmo tempo o momento em que poderia se iniciar aquela produtividade religiosa autêntica que, é verdade, não leva por si mesma ao consolo, mas à honesta capacidade de dispensar todo e qualquer consolo!

❖

Alegria é indizivelmente mais do que felicidade. Felicidade cai sobre as pessoas, felicidade é destino; alegria, elas fazem florescê-la dentro de si mesmas. Alegria é simplesmente uma boa estação sobre o coração; alegria é a maior realização que os humanos têm em seu poder.

❖

Entre todas as graças de nossa "vida", existe a de termos recebido todos os meios para sobreviver à suave profusão do momento, não só na esfera das lembranças, mas também na interpretação contínua dos deleites que nos foram concedidos.

❖

A realidade de qualquer alegria é indescritível no mundo; só nela a criação ainda ocorre (a felicidade, ao contrário, é apenas uma constelação de coisas já presentes que podem ser prometidas e interpretadas). A alegria, porém, é uma maravilhosa multiplicação do que já existe, um puro crescimento a partir do nada. No fundo, quão fraca se mostra a felicidade em nos prender, pois imediatamente nos permite tempo para pensarmos em sua duração e nos preocuparmos com isso. A alegria é um momento descomprometido, atemporal desde o início, que não se pode segurar, mas que de fato tampouco se pode perder, pois sob seu abalo nosso ser de certo modo se modifica quimicamente. Na felicidade, ao contrário, nosso ser prova seu próprio gosto e desfruta a si mesmo simplesmente numa nova mistura.

Preenchido por essa experiência, eu me preservei bastante de decepções, pois os fatos maiores têm o direito de ser *inesperados*, de ir e vir, e eu não mais espero deles que brotem como conseqüência de algo grande. Este não está no meu caminho, mas sempre emerge da profundeza irreconhecível e imensurável.

E, por isso, nunca paro de senti-lo como possibilidade, mesmo quando deixa de vir.

❖

Há momentos, eu sei, em que realmente é uma salvação considerar tudo uma distração, mas são exceções, períodos breves, convalescenças.

Sobre bondade e moral

Nada que é bom, tão logo venha à existência, pode ser suprimido

Nada que é bom, tão logo venha à existência, pode ser suprimido. Ele por si mesmo assume realidade, tal como uma árvore: ele é e floresce e dá fruto. Nada é perdido: tudo se passa adiante.

❧

Na verdade, não existem bons hábitos: tudo o que é bom, não importa quão freqüente e involuntariamente repetido, é cada vez novo e espontâneo.

❧

Nada dificulta mais a ajuda do que a intenção de ajudar.

❧

Defender os "ideais" significa apenas não se deixar abalar em seu próprio mundo interior, e de motivação interna, mesmo quando se encontra a oposição de percepções estranhas e até mesmo hostis que, no fim, têm razão.

❧

No que concerne à ajuda correta, não há nada pequeno e nada maior, *tudo assume a mesma dimensão*, como você me permitiu vivenciar de modo maravilhoso: a existência do barbante certo, de um adesivo no momento de precisão não é menor, nem menos tranqüilizante e pacificadora, não menos poupadora de forças de maneira fundamental do que não sei que tipo de enorme auxílio, tal como, por exemplo, o propiciado por Berg [residência de Rilke de novembro de 1920 a maio de 1921], que você encontrou e tornou possível para mim! Não há diferenças. As pessoas, em sua maioria, até mesmo as mais afetuosas, ficam inicialmente exaustas após um ato de ajuda. É necessário então que a capacidade de ajudar volte a crescer nelas. E então, no que é essencial, tudo lhes parece insignificante para merecer auxílio. Elas não sabem, ou não chegam a pensar, que o que mais confunde nossa balança interna são os fardos mínimos, que temos de contrabalançar continuamente com os menores pesos que escapam rolando entre nossos dedos e não são grandes o suficiente para conter em si os números decimais das frações de grama. Você entendeu tão bem, minha querida, como ser justa; como você se colocou em minha balança, pesando e retirando *com o mesmo gesto* ora algo gigante, ora algo ínfimo. E voltou a pôr o ponteiro dessa balança em seu centro puro, para que, sobre os pratos imaculados, eu me tornasse claro a mim mesmo a respeito do verdadeiro peso de meu ser.

❖

De todas essas experiências lentas e, amiúde, com uma dificuldade além de minhas forças (pois tive de fazer mil retornos com meu corpo doentio a partir da educação e do tempo), cresceu em mim a fé de que têm razão *os que* em determinada fase de desenvolvimento de seu espírito pensam e dizem: não há Deus, nem pode haver um. Mas esse reconhecimento é *infinitamente afirmativo* para mim, pois me alivia de todo o medo de que Ele pudesse estar consumido e desaparecido. Agora sei *que Ele será*. Ele será, e os que estão sozinhos e se subtraem ao tempo constroem-no com o coração, a cabeça e as mãos; os que são criadores solitários e fazem obras de arte (isto é, coisas futuras) constroem-no, *iniciam-no*, a Ele que em algum momento será quando o tempo estiver preenchido de eternidade. Nenhum gesto se perde dos solitários, e a dor que eles carregam estende seus efeitos até a vastidão do vindouro. Tudo o que lhes ocorre é uma imagem reflexa de algo que está no futuro. *Tudo será*. Nós, porém, somos os precursores e adivinhos. Por isso, tudo que é confiança em mim é confiança nos solitários, tudo que é amor em mim é amor por eles. Dos solitários que não se deixam confundir, dos profetas que não anunciam, daqueles que estão pesados de seu silêncio e doces de seu anseio não derramado: deles virá a redenção.

Oh, como Cristo foi precipitado. E quão rápido alguém tão imprudente encontra outros ainda mais precipitados – e então Deus cai rapidamente no passado, como tudo o mais de que as pessoas falam.

De um diário. Oh, vós, seres humanos, quando eles vos trazem Deus, esses dóceis e bem-treinados cães que, sob risco de morte, trouxeram-no, então pegai-o e tornai a lançá-lo na imensurabilidade; pois Deus não *deve* ser trazido à orla pelos cães dóceis, bem-treinados. Ele não corre perigo em suas águas agitadas, e uma grande onda futura o erguerá à terra que é digna dele.

❖

Preservar a tradição – não me refiro à superficial-convencional –, o que é realmente originário (se não ao nosso redor, onde as condições cada vez mais o estrangulam, então *em* nós), e dar-lhe continuidade com inteligência ou às cegas, conforme a aptidão de cada um, essa deveria ser nossa tarefa decisiva (nós que, afinal de contas, permaneceremos sacrificados às transições).

❖

Anseio por pessoas através das quais o passado, em suas grandes linhas, permaneça vinculado e relacionado a nós; o futuro, quanto mais corajosa e ousadamente o imaginamos, agora mais do que nunca dependerá em alto grau de cair na direção das tradições mais profundas e mover-se e lançar-se a partir delas (e não da negação).

❖

O indivíduo afeito às questões do intelecto deveria ser, desde o início, um opositor e negador das revoluções. Ele, mais do que qualquer outro, sabe quão lentamente ocorre qualquer mudança de significado duradouro, como elas são discretas e, justo por causa de sua lentidão, quase invisíveis, e como a natureza do pensamento, em seus esforços construtivos, mal permite à violência surgir em algum lugar. E, por outro lado, é o mesmo indivíduo intelectual que, graças ao seu discernimento, fica impaciente quando vê como as coisas humanas se comprazem e persistem em circunstâncias malconduzidas e emaranhadas. Por certo, nós todos temos continuamente a experiência de que uma coisa ou outra, de que quase tudo deveria mudar (e pelas raízes). A vida, infinitamente rica, infinitamente generosa, pode ser cruel apenas justo por causa de sua inesgotabilidade: em quantos casos ela perdeu por completo todas as suas pretensões de validade, reprimida como foi por tantas instituições secundárias que se tornaram indolentes em sua existência. Quem não desejaria uma tempestade colossal que derrubasse todos os obstáculos e decrepitudes para criar espaço para as forças de novo criativas, infinitamente jovens, infinitamente bem-intencionadas?

❖

Não há nada mais frívolo do que propósitos: nós nos esgotamos neles formulando-os e reformulando-os, e não resta mais nada para sua execução.

❖

Os tipos de experiência que você menciona, as condições de sua alma que você me permite de longe discernir estão localizados propriamente fora da área da atividade de "dar respostas". Esse questionamento constitui, de fato, a natureza indagadora de nossa vida mais autêntica – quem responde a ela? A felicidade, a desgraça, um momento imprevisto do coração talvez nos assediem de repente com uma resposta, ou uma resposta se efetua dentro de nós mesmos de maneira lenta e imperceptível, ou outro ser humano nos revela essa resposta, quando ela inunda o olhar dele, encontra-se na nova página de seu coração, que ele mesmo não conhece, mas que lemos para ele.

❖

A violência é uma ferramenta tosca e impraticável. Por isso o espírito, que não conhece atos de violência, permanece aquém dela: a violência do espírito é uma vitória de suavidade insuperável.

❖

Simplesmente ter planos já desperta em nós bastante mobilidade, e quem sabe quanto nos transformamos dentro deles, mesmo que não nos façam sair do lugar.

❖

Se o ser humano ao menos parasse de se referir à crueldade da natureza a fim de desculpar a sua própria! Com que infinita inocência ele esquece até mesmo o mais terrível evento na natureza. A natureza não olha para tal evento, não tem distância alguma em relação a ele – ela *é* inteira no mais horrível, sua fertilidade também está aí, e sua generosidade; a mais horrível ocorrência [é], se se pode dizer assim, nada mais do que uma expressão de sua abundância. Sua consciência consiste em sua completude; porque ela contém *tudo*, contém também a crueldade. O homem, no entanto, nunca será capaz de abarcar o todo e, assim, jamais poderá estar certo – quando escolhe algo terrível, o assassinato, digamos –, se ele também já contém o oposto desse abismo. Desse modo, no mesmo momento sua escolha o sentencia, pois o transforma numa exceção, num ser isolado, unidimensional, que não está mais conectado ao todo. O homem capaz, bom, de resolução pura não conseguiria excluir o mal, o desastre, o sofrimento, a desgraça, a morte das relações recíprocas. Mas no que quer que fosse acometido por um deles ou fosse sua causa, ele não seria diferente de ninguém que se encontra afligido na natureza. Ou, afligindo os outros contra sua própria vontade, seria como o riacho em fúria que se avoluma com uma enxurrada de águas de degelo, cujo desaguamento nele o faz transbordar sem cessar.

❖

O tipo de religiosidade que não se pode encontrar é talvez sempre aquele conservado da melhor maneira; quando for encontrado, será tomado e arrancado do indivíduo, que tem de seguir em frente e conceber e gestar e dar à luz sua própria religião: mas quantos chegarão a fazer isso?

Sobre amor

*Não há força no mundo
exceto o amor*

Não há força no mundo exceto o amor, e, quando o carregamos em nós, simplesmente o temos, mesmo que fiquemos perplexos sobre *como* usá-lo: ele exerce seu efeito, irradia e ajuda para fora e além de nós. Não se deve jamais perder essa fé, é preciso simplesmente (e se não fosse nada mais) resistir nela!

❖

O amor não é, ao lado da arte, a única licença para superar as condições humanas, para ser maior, mais generoso, mais infeliz, se necessário, do que o homem comum? Que o sejamos heroicamente – não renunciemos a nenhuma das vantagens que nosso estado animado nos concede.

❖

Levar o amor a sério, suportá-lo, aprendê-lo como se aprende uma profissão – é isso o que os jovens devem fazer. As pessoas compreenderam mal o papel do amor na vida, como tantas outras coisas. Elas o tornaram um jogo e uma diversão, pois pensaram que jogo e diversão são mais jubilosos do que trabalho; mas não há nada mais feliz do que o trabalho, e amor, justo por ser a mais extrema felicidade, não pode ser outra coisa senão trabalho. Quem ama precisa, portanto, tentar se comportar como se tivesse um grande trabalho: deve ficar muito tempo sozinho, voltar-se sobre si, recompor-se e agarrar-se a si mesmo; precisa trabalhar; precisa tornar-se alguma coisa!

❖

Pois o amor é o verdadeiro clima do destino; por mais longe que ele estenda seu caminho através do céu, sua Via Láctea composta de milhões de estrelas de sangue, a terra sob esse céu jaz grávida de desastres. Nem mesmo os deuses, nas metamorfoses de sua paixão, foram poderosos o bastante para libertar, dos enredamentos desse solo fértil, os amados, assustados e fugidios desta Terra.

❖

Ao agarrar com nossas mãos, por assim dizer, a felicidade iniciada [do amor], seríamos talvez os primeiros a destruí-la; ela deve ficar sobre a bigorna de seu criador, sob os golpes de seu martelo laborioso. Depositemos nossa débil confiança nesse admirável artesão. É verdade, sempre sentiremos o impacto de seu instrumento, que ele emprega impiedosamente segundo as regras de uma arte concluída. Mas, em recompensa, de tempos em tempos seremos exortados a admirar sua obra favorita, que ele levará a uma perfeição final: quanto já a tínhamos admirado na primeira vez! Dificilmente somos os colaboradores de nosso amor; e é por isso mesmo que ele permanecerá abaixo dos perigos banais. Tentemos conhecer suas leis, suas estações, seu ritmo e a marcha das constelações através de seu vasto céu estrelado. Sei bem que, ao lhe falar dessa maneira, resta uma tarefa totalmente desigual imposta a nós dois: você é muito mulher para não sofrer infinitamente pelo que parece haver de adiamento do amor nessa tarefa. E, ao me juntar em torno de meu trabalho, eu me asseguro os meios de minha felicidade mais definitiva, enquanto você, pelo menos nesse momento, ao se virar para sua própria vida, encontra-a obstruída por deveres semipetrificados. Que isso não a desencoraje; isso mudará, garanto-lhe. Pela transfiguração de seu coração, você aos poucos influenciará os dados recalcitrantes da realidade; tudo que lhe parece impenetrável, você o tornará transparente por seu coração incendiado... Não pense muito no instante e guarde-se de julgar a vida nessas horas de nevoeiro que não nos permitem nenhuma visão sobre sua vastidão.

❖

Quando uma pessoa abandona a si mesma, ela não é mais nada; quando duas desistem de si mesmas para ir uma ao encontro da outra, todo chão sob elas desaparece e seu estar-juntas é uma queda incessante.

❖

De novo é sempre do "todo" que se trata, mas, mesmo que às vezes o sintetizemos interiormente num elã de felicidade ou numa vontade mais pura, esse todo é na realidade interrompido por todos os erros, enganos, insuficiências, pela malignidade de pessoa para pessoa, pelo que há de desesperado e turvo – sim, por quase tudo que nos toca diariamente.

É uma idéia terrível que o momento de amor, que sentimos de modo tão completo, profundo e tão peculiarmente nosso, possa, para além do indivíduo, ser determinado pelo futuro (pelo filho futuro) e, de outro lado, pelo passado – mas, mesmo *então*: esse momento de amor sempre reteria sua indescritível profundidade como fuga para dentro do que é próprio. E nisso me inclino fortemente a crer. Isso estaria em concordância com nossa experiência de como a existência incomensurável de cada um de nossos mais profundos arrebatamentos se torna independente de sua duração e evolução. Eles estão numa posição realmente perpendicular às direções da vida, assim como a morte também lhes é perpendicular, com a qual têm muito mais em comum do que com todas as metas e movimentos de nossa vitalidade. É apenas com base na morte (quando não a consideramos um estado de definhamento, mas a supomos como a intensidade que nos excede absolutamente), penso eu, que podemos fazer justiça ao amor. Mas também aqui a concepção habitual dessas grandezas obstrui nosso caminho e nos confunde. Nossas tradições deixaram de servir como condutores, são galhos secos, que não mais se nutrem da força das raízes. E, quando se acrescentam a isso a dispersividade, desatenção e impaciência do homem e o fato de que a mulher é profundamente doadora apenas nas raras relações de felicidade, e que ao lado de seres tão desunidos e abalados está o filho como algo que já os transpõe, embora, de novo, permaneça igualmente impotente – sim, então é preciso admitir com humildade que as coisas nos são realmente difíceis.

❖

A pesquisa fisiológica descobre relações cada vez mais espantosas no que tange à distribuição dos elementos masculinos e femininos nas criaturas; ainda estamos longe de pensar que haja um aqui e um lá inequívocos. Nesse âmbito, tudo se trata da mais delicada e misteriosa dosagem, e pode muito facilmente, e não apenas "anormalmente", ocorrer entre duas jovens aquela afinidade complementar que lhes dá direito até mesmo à mais íntima sensualidade. Suspeito que seja inerente a tais êxtases infinitamente mais inocência do que a muitas relações "normais" e que talvez justo elas, tão logo seja possível admitir sua total naturalidade e ingenuidade, poderiam contribuir para estranhamente desafogar os esforços confusos de amor, sobrecarregados entre homem e mulher. Pois o desastre insuperável desse amor é, por certo, a enorme ênfase de seu único "objetivo", como se todas as sendas e intransitabilidades dos sentimentos tivessem de desembocar nessa doce região. Com isso o amor se transforma de algo secreto em conspícuo, o que basta para lhe causar a mais grave desfiguração. Amantes, que realmente jamais vêem um fim no dar e receber e em cujas mãos tudo se torna sem nome, não poderiam saber de fato (é assim que sempre imagino), *mesmo um diante do outro*, se entre as incontáveis bem-aventuranças de sua união também estava uma considerada a mais extrema (com ou sem razão, ou talvez ambos os casos). A esta altura, você já pode ter adivinhado *o que* espero desse sincero relacionamento de amor entre os gêneros: que ele prepare nos indivíduos que passam por ele (em caráter provisório, talvez) outra valoração, em que o objetivo único – jamais totalmente alcançável aí – não prevalece totalmente, embora pudesse estar *aí*, segundo sua potencialidade; mas que também nessa troca desde o início mais íntima emerjam e se esgotem muitas coisas que, em outras circunstâncias, simplesmente (isso se aplica em especial ao homem) tomam de assalto e inundam o outro gênero sem a estrita intenção de fazê-lo. Eu gostaria de poder ver esses momentos de amor como uma verdadeira escola de amor que abrange desde os toques e abraços mais sensuais até o ternamente compartilhado flutuar do espírito; momentos em que o pequeno templo se encontra no distrito juvenil ora dos amantes, ora das amantes, como se suas atrações futuras mais tensas dependessem um pouco da experiência e do exercício suaves que eles conquistaram entre seus iguais, com leveza e pré-seriedade.

Nessa área, tudo é tão caótico para nós que não se deve hesitar em fazer até mesmo a mais ousada sugestão, contanto que ela possa abrir o caminho para a mudança nesse cascalho legalmente protegido. E o que é afinal nosso critério para definir algo como "ousado" é a moral, conhecida há muito como causa de enorme confusão quando intervém na esfera do amor, além de falsificar o grau dos fenômenos incomensuráveis quando tirados de seu contexto. O fato de em algum momento nos sentirmos moralmente inibidos deve nos fazer desconfiar apenas da inibição, não de nossos impulsos. O senso da totalidade, a unidade continuamente pressentida de nossa própria vida e os momentos indescritíveis em que a morte não é mais uma suspeita em nós devem ser para cada indivíduo os tijolos de construção do tribunal ao qual ele presta contas.

❧

Não existe prisão pior do que o medo de causar dor a quem nos ama.

❧

Para todas as transformações que ocorrem de pessoa para pessoa, isto permanece verdadeiro: *nunca* se deve ver e avaliar *de fora* uma relação em todos os seus detalhes; o que duas pessoas poderiam dar e conceder uma à outra em sua confiança mútua permanece para todo o tempo um segredo de sua sempre indescritível intimidade. Se elas pensaram em certo momento que poderiam propiciar uma à outra prazer ainda mais terno, isso pode ter sido um pequeno erro, pois com isso não serviram à sua felicidade, mas ao desejo, e lançaram em seu próprio sangue inquietações que mais tarde poderiam se tornar aflitivas – talvez, mas quem decide isso? Talvez também tivessem razão nessa entrega, tão indescritivelmente inocente como tudo que emana do amor do mero ter-de-fazer e não-saber-agir-de-outro-modo – ninguém deve ousar julgar de fora o que aconteceu aí. Tal arroubo e tal alegria, não importa quão longe vão, podem gerar um momento de transformação que concerne totalmente à *alma*. E, como o indivíduo pensou ter passado por uma nova experiência na assim chamada sensualidade, ele talvez já estivesse num estado avançado em relação à alma, que fora arrebatada a algum outro lugar. Tudo isso está ligado de modo tão secreto que é preciso ter apenas humildade diante dessas forças. A resistência fica ao cargo da própria inocência, indestrutível em nós enquanto não deixamos que os outros nos convençam de culpa. As obscuridades e incertezas nesse terreno aumentaram de modo tão terrível em nossa época que uma pessoa jovem quase nunca tem a seu lado o conselheiro e o protetor que lhe seriam necessários, nem mesmo na figura de sua mãe (que é tão impotente quanto todo mundo). Por isso é necessário buscar orientação na própria inocência, de modo imperturbável e cândido. Pessoas sensatas já há muito se empenham em aliviar as relações de amor dentro do mesmo gênero das suspeitas horrendas com que a convenção as sobrecarregou – mas até mesmo esse empenho e ponto de vista não me parecem ser os corretos. Eles isolam um processo que deve ser considerado sempre apenas dentro de toda sua esfera de contextos e transformam um evento inefável numa coisa geral e até mesmo realmente comum só porque poderia suceder a qualquer pessoa. Não sabemos *qual* é o centro de uma relação de amor, qual seria seu ponto mais extremo, intransponível e jubiloso: ocasionalmente, esse centro talvez apareça na última e dulcíssima intimidade dos corpos (também entre mulheres), mas disso *ninguém* deveria ser juiz, exceto a silenciosa responsabilidade precisamente dessas pessoas que se amam e se deleitam. Não é essa doação mútua que seria um descaminho para elas; no máximo o seria a incerteza se elas com isso podem, de fato, proporcionar uma à outra essa contínua intensificação que é o verdadeiro desejo e anseio do amor. Elas estariam erradas em ousar essa entrega apenas se a doação mútua as tornasse mais difíceis, sombrias e opacas uma para a outra. *Então*, com efeito, subsistiria o perigo de ficarem presas nela. *Nenhuma* ternura do amor deve ter poder sobre o próprio amor, nenhuma pode se impor com a violência da repetição cega, mas uma ternura inteiramente nova deve sempre nascer da inesgotabilidade das emoções.

❖

Duas pessoas com o mesmo grau de quietude não precisam falar da melodia que define suas horas. Essa melodia é o que elas têm de comum em e por si. Existe entre elas algo como um altar ardente, e elas se aproximam da chama sagrada respeitosamente com suas raras sílabas.

❖

Não é maravilhoso assegurar-se de que o amor pode conduzir a tanta força, e que no mais profundo ele diz respeito a algo que nos excede totalmente, e que, apesar disso, o coração tem a audácia de empreender esse ir-além-de-nós, essa tempestade para a qual seria necessária uma criação inteira?

❖

O terrível é que não temos religião alguma em que essas experiências, tão literais e tangíveis como são (ao mesmo tempo tão inefáveis e invioláveis), podem ser alçadas até Deus, até a proteção de uma divindade fálica, que talvez deva ser a primeira com que um grupo de deuses irromperá de novo entre os homens depois de tão longa ausência. O que mais deveria nos socorrer quando todos os auxílios religiosos falham, ao obscurecer essas experiências em vez de transfigurá-las e ao nos despojar delas em vez de implantá-las em nós com mais esplendor do que ousaríamos imaginar. Aqui somos os indescritivelmente abandonados e traídos: daí nosso desastre. Na medida em que as religiões – apagando-se nas superfícies e colocando cada vez mais superfícies extintas – pereceram e tornaram-se sistemas morais, elas também deslocaram esse fenômeno, que é o mais íntimo de sua e da nossa existência, para o solo resfriado da moral e, com isso, necessariamente, para a periferia. Pouco a pouco se perceberá que a grande catástrofe de nossa época ocorre *aqui* e não na esfera social ou econômica – nesse desalojamento do ato de amor para a periferia. A força do indivíduo de visão clara esgota-se agora em reconduzi-lo pelo menos ao seu *próprio* centro (se ele já não se encontra no centro geral do mundo, o que imediatamente poria o mundo a correr e a circular com os deuses!). O que vive às cegas, ao contrário, rejubila-se de algum modo com a acessibilidade periférica do "prazer" e se vinga (com involuntária transparência) de seu próprio desvalor nessa área ao simultaneamente procurar e difamar esse prazer. A recusa no superficial não é progresso *algum*, e não faz sentido impelir a "vontade" para esse fim (vontade que, além do mais, é uma força muito jovem e nova em comparação à antiqüíssima justeza das pulsões). Recusa do amor ou realização do amor: *ambas* são maravilhosas e inigualáveis apenas no que a total experiência de amor pode assumir uma posição central com *todos* os seus arroubos quase indistinguíveis entre si (que se alternam de tal forma que precisamente *aí* o psíquico e o físico não se podem mais separar): pois é aí também (no êxtase de alguns amantes ou santos de *todos* os tempos e *todas* as religiões) que recusa e realização se tornam idênticas. Onde o infinito ocorre por *inteiro* (seja positivo ou negativo), aí se elimina o sinal, ah, o sinal tão humano, na forma do caminho acabado, que *agora* foi trilhado – e o que resta é ter chegado, *o ser*!

❖

Se não opus resistência à amada, foi porque, de todas as formas em que um ser humano se apodera do outro, somente sua irrefreável apoderação me pareceu estar certa. Exposto como eu me encontrava, também não quis *evitá*-la, mas ansiava por penetrá-la e atravessá-la! De modo que ela fosse para mim uma janela para o universo expandido da existência... (não um espelho).

❖

Que triste figura o homem compõe na história do amor. Ele não tem quase força alguma além da superioridade que a tradição lhe concede; e, mesmo essa superioridade, ele a leva com tal desleixo que seria simplesmente revoltante se, às vezes, a distração e a frieza do homem não fossem parcialmente justificadas por importantes eventos. Mas ninguém irá me dissuadir do que é evidente nessa intensa amante [a freira portuguesa Marianna Alcoforado] e em seu vergonhoso parceiro: que essa relação mostra definitivamente como, por parte da mulher, tudo o que foi realizado, suportado, finalizado no amor se contrapõe à absoluta inacessibilidade ao amor por parte do homem. Numa analogia banal, ela recebe o diploma da arte de amar, enquanto ele carrega no bolso uma gramática elementar dessa disciplina, da qual colheu uns poucos vocábulos, suficientes apenas para construir sentenças ocasionais, tão belas e emocionantes como as conhecidas sentenças das primeiras páginas de métodos de língua para iniciantes.

❖

Ser amado significa inflamar-se. Amar é luzir com óleo inesgotável. Ser amado é perecer; amar é durar.

❖

Este é o milagre que sempre ocorre aos que realmente estão amando: quanto mais dão, tanto mais possuem desse amor delicioso e nutritivo do qual as flores e as crianças extraem sua força e que poderia ajudar a todos se fosse aceito sem dúvidas.

❖

É parte da natureza de todo amor definitivo que mais cedo ou mais tarde ele possa alcançar a pessoa amada apenas na infinitude.

❧

A mulher passou por alguma coisa, cumpriu-a e a levou até o fim, algo que lhe é o mais próprio. O homem, que sempre teve a desculpa de estar ocupado com coisas mais importantes e que (digamos com franqueza) jamais esteve preparado o suficiente para o amor, desde a Antigüidade não se permitiu entrar de modo algum no amor (com exceção dos santos). Os trovadores sabiam exatamente quão pouco tinham permissão de avançar, e Dante, em que isso se tornou uma necessidade colossal, só pôde contornar o amor na espantosa curva de seu poema imensamente evasivo. Tudo o mais é, nesse sentido, derivado e secundário.

❧

É improvável que haja algo mais difícil do que amar alguém – essa tem sido minha experiência recorrente. É trabalho, labuta diária, lida diária, sabe lá Deus, não há outra palavra para isso. E a isso se acrescente que os jovens não estão sendo preparados para esse tão difícil amar. As convenções tentaram transformar essa relação mais complicada e extrema em algo fácil e frívolo e criaram a ilusão de que todos seriam capazes dela. Mas não é bem assim. O amor é difícil, e é mais difícil do que outras coisas porque, em outros conflitos, a própria natureza nos exorta a nos concentrar e nos contrair com todas as forças, enquanto há na intensificação do amor o estímulo para que nos entreguemos completamente. Mas realmente pode haver beleza nisto: entregar-se ao outro não como uma totalidade ordenada, mas casualmente, peça por peça, como por acaso se dá? Esse doar-se, que tanto se parece com um jogar fora e um dilacerar, pode ser algo bom, pode ser felicidade, alegria, progresso? Não, não pode... Quando manda flores para alguém, primeiro você as arranja, não é verdade? Mas os jovens amantes lançam-se uns aos outros na impaciência e na pressa de sua paixão e absolutamente não notam a falta de consideração mútua presente nessa entrega desordenada. Só a notam, com espanto e mau humor, perante a desavença que toda essa desordem provoca entre eles. E, tão logo se instala a desunião, as coisas se tornam cada dia mais confusas; nenhum deles tem mais em torno de si algo inteiro, puro e incorrupto. E, no meio do desconsolo do dilaceramento, eles procuram manter a ilusão de sua felicidade (pois supõe-se que tudo isso seja em nome da felicidade). Ah, eles mal conseguem se lembrar o que julgavam ser felicidade. Em sua insegurança, cada um se torna mais injusto com o outro; aqueles que queriam agradar um ao outro agora se tocam de maneira prepotente e inquieta. E, no esforço de escapar do estado insustentável e insuportável de sua confusão, eles cometem o pior erro que pode ocorrer às relações humanas: tornam-se impacientes. Eles se empurram para chegar a um término, a uma decisão (como crêem) definitiva; tentam determinar de uma vez por todas sua relação, cujas mudanças surpreendentes os espantaram, de modo que daí em diante ela possa permanecer "para *sempre*" a mesma (como eles dizem). Esse é apenas o último erro nessa longa cadeia de equívocos entrelaçados. Nem mesmo o que está morto se deixa determinar definitivamente (pois ele se desintegra e se modifica em sua natureza); menos ainda algo vivente e vivo pode ser tratado peremptoriamente de uma vez por todas! Viver é, precisamente, transformar-se, e as relações humanas, que são um extrato da vida, constituem o que há de mais mutável; elas sobem e caem de minuto a minuto, e os amantes são pessoas para as quais nenhum momento se iguala ao outro em sua relação e seus toques, e entre as quais não ocorre nada de habitual nem nada que já existiu uma vez, mas apenas coisas novas, inesperadas, inauditas. Tais relações existem, e devem ser uma felicidade enorme, quase insuportável, mas elas só podem ocorrer entre seres abençoados com a fartura e entre pessoas que são, cada uma por si, ricas, ordenadas e concentradas; apenas dois mundos vastos, profundos e próprios podem uni-las. Os jovens – isto é evidente – não podem alcançar tal relação. Mas, se compreenderem a vida corretamente, podem aos poucos crescer em tal felicidade e preparar-se para ela. Quando amam, não devem esquecer que são iniciantes, desajeitados da vida, aprendizes do amor – eles devem aprender a amar, e isso requer (como para *qualquer* aprendizado) calma, paciência e concentração!

❖

Uma vez amando, uma vez em chamas, o indivíduo não pode mais se considerar infeliz; quem uma vez já obteve acesso à grande bem-aventurança do amor *está nele*, e para tal pessoa toda privação, todo anseio é doravante apenas o peso, a gravidade de sua plenitude! É possível que o amor se transforme então em dor, sofrimento e desespero, e que ele não possa empregar essa completude, ou melhor, que não possa empregá-la *onde* ela havia sido originalmente desejada e esperada. Mas o rapaz, o homem, não está sempre na posição de "aprendiz de feiticeiro", que ao invocar os poderes de seu coração provoca tempestades que não pode controlar, e das quais ele se salva (*deve* se salvar talvez) para seguir a outra medida de sua vida, a medida lógica, produtiva, a aparentemente sóbria, que contradiz o amor e às vezes admite os sentidos apenas como uma forma de equilibrar as exageradas tensões que surgem de outros lados.

❖

Que brutal magnificência e, no entanto, quão *terrível* é inflamar o amor: que incêndio, que desastre, que ruína. Estarmos *nós mesmos* em chamas, é claro, se formos capazes disso: isso bem poderia ser digno da vida e da morte.

❦

Quanto mais somos, tanto mais ricas são todas as nossas vivências. E quem quer ter um amor profundo na vida precisa poupar para isso e colher e juntar mel.

❦

É uma característica de todo amor aprofundado que ele nos torne justos e clarividentes.

❦

Pessoas apaixonadas vivem mal e em perigo. Ah, se elas pudessem se superar e se tornar amantes. Não há nada senão segurança em torno dos que amam.

❦

As pessoas estão tão terrivelmente distantes umas das outras, e pessoas apaixonadas são com freqüência as que estão mais distantes. Elas jogam tudo o que é seu e não o apanham, e isso fica em algum lugar entre elas, e se amontoa, e por fim as impede de se verem e se aproximarem uma da outra.

❦

Há uma possibilidade de amarmos em *tal* grau que as deficiências do objeto de amor se tornam comoventes, até mesmo maravilhosas e um motivo para sermos ainda mais amantes!

❦

Nunca entendi como um amor genuíno, elementar, totalmente verdadeiro pode permanecer não correspondido, pois ele não é outra coisa a não ser o apelo urgente e venturoso ao outro para que seja belo, abundante, grande, intenso, inesquecível: nada senão o transbordante compromisso de que o outro se torne alguma coisa. E, diga-me, que pessoa poderia recusar tal apelo, quando é dirigido a ela, quando a escolhe e a encontra entre milhões de seres onde talvez estivesse oculta num destino ou inabordável no meio da fama... Ninguém pode segurar, agarrar e conter em si tal amor: ele é tão completamente destinado a ser passado adiante para além do indivíduo e necessita do amado apenas para que este lhe dê o impulso mais extremo que o lançará em sua nova órbita entre as estrelas.

FONTES

Se o destinatário não estiver listado, o trecho foi extraído dos diários de Rilke ou de outros textos em prosa.

Não pense: 12 de agosto de 1904, Franz Xaver Kappus 57
[H]á tantas: 16 de dezembro de 1920, Baladine Klossowska 57

SOBRE VIDA E VIVER: *É preciso viver a vida ao limite*

É imprescindível: 1914 61
Se quisermos: 1898 61
Desejos! Desejos!: 19 de dezembro de 1919, Nanny
  Wunderly-Volkart. 62
A vida se orgulha: 26 de junho de 1907, Clara Rilke. 62
Um destino pensante: 26 de maio de 1922, Lotti von Wedel. 62
Ver é: 9 de março de 1899, Elena Woronina 62
Olhar alguma coisa: 8 de março de 1907, Clara Rilke 63
Não é freqüente: 23 de outubro de 1900, Otto Modersohn 63
Cada experiência: 18 de janeiro de 1902, Carl Mönckeberg. 63
Os desejos são: 9 de março de 1899, Elena Woronina 64
Seja não-moderno: 1902 64
Afinal: 2 de janeiro de 1912, Julie Freifrau von Nordeck 64
Meu Deus: 2 de janeiro de 1922, Nanny Wunderly-Volkart. 64
A vida foi: 9 de dezembro de 1920, Cäsar von Sedlakowitz 64
Como é numeroso: 20 de agosto de 1906, Mathilde Vollmoeller 64
Quanto mais vivo: 21 de dezembro de 1913, Ilse Erdmann. 64
É impossível: 25 de agosto de 1915, Annette de Vries 65
Há muito: 25 de novembro de 1920, Marie Therese
  Mirbach-Geldern 65

Tudo o que: 17 de fevereiro de 1921, Baladine Klossoska 66
E o que significa: 11 de fevereiro de 1924, Lisa Heise 66
Vivemos tão mal: 13 de setembro de 1907, Clara Rilke 66
Podemos: 14 de janeiro de 1920, Nanny Wunderly-Volkart 66
Por fim: 28 de junho de 1922, Nanny Wunderly- Volkart 67
Oh, Deus, para quê: 29 de dezembro de 1913,
   Marie von Thurn und Taxis 67
É necessário viver a vida: 1904 67
... A vida há muito: 19 de maio de 1922, Lisa Heise............. 67
Tem quase o significado: 1898 67
Com apenas algumas palavras: 22 de fevereiro de 1907, Clara Rilke . 68
A vida é de tal modo verdadeira: 19 de março 1922,
   Tora Holmström...................................... 69
A vida anda: 25 de julho de 1903, Lou Andreas-Salomé 69
Não pense você: 21 de maio de 1921, R. R. Junghanns 69
Onde quer: 17 de março de 1907, Paula Modersohn-Becker 70
Quão singular: 5 de janeiro de 1921, Inga Junghanns............ 70
Ah, contamos os anos: 19 de outubro de 1907, Clara Rilke 71
Atravessamos tudo: 8 de fevereiro de 1906, Karl von der Heydt ... 71
Até mesmo o que foi é ainda um ente: 1919 71
É, afinal: 22 de junho de 1917, Sophie Liebknecht.............. 72
Como é possível: 8 de novembro de 1915, Lotte Hepner.......... 72
É possível: 25 de fevereiro de 1907, Clara Rilke 72
Creio: 11 de agosto de 1907, Stefan Zweig 74
Uma coisa é: 8 de agosto de 1909, Julie von Nordeck zur Rabenau . 74
Parece-me: 24 de agosto de 1904, Tora Holmström 74
A maioria das pessoas: 17 de julho de 1922, Ruth Sieber-Rilke 74
E, contudo, a vida: 8 de dezembro de 1911,
   Sidonie Nidherny von Borutin 74
Nós, seres do aqui e agora: 13 de novembro de 1925,
   Witold Hulewicz 75
Como é boa a vida: 1908 76
Todas as nossas intuições: 1906............................. 76
No fundo, não creio: 11 de abril de 1910, Manon zu Solms-Laubach 76
Contudo, a história não é: 26 de junho de 1915, Marianne Mitford . 76
Na vida: 1º de abril de 1924, Nanny Wunderly-Volkart 77
Que idade: 25 de março de 1910, Anton Kippenberg 78
Do que necessitamos: 14 de janeiro de 1919, Adelheid von Marwitz . 78

Acredito na velhice: 1905 78
Como é magnífico: 25 setembro de 1905, Gudrun von Uexküll 78
Não é curioso: 2 de dezembro de 1895, Julius Bauschinger 79
Devemos tentar: abril de 1910, Sidonie Nádherny von Borutin 79
Confesso: 9 de outubro de 1918, Aline Dietrichstein 80

SOBRE SER COM OS OUTROS: *Ser uma parte, isso é nossa realização*

Ser uma parte: 1911 83
Toda discordância: 1898 83
A injustiça: 27 de janeiro de 1926, Aurelia Gallarati-Scotti 83
Esta é uma: 30 de janeiro de 1923, Nanny Wunderly-Volkart 83
Se ao menos pudéssemos: 16 de dezembro de 1923, Margot Sizzo ... 83
Mas há: 4 de novembro de 1909, Elisabeth Schenk zu
  Schweinsberg 84
Uma pessoa: 14 de fevereiro de 1926, Aurelia Gallarati-Scotti 85
E, no entanto: 1918....................................... 85
Tão logo: 26 de dezembro de 1921, R. R. Junghanns 85
Quando se trata: 21 de janeiro de 1922, R. R. Junghanns 86
Se você se assusta: 13 de setembro de 1922, E. M................ 86
Nada prende: 13 de setembro de 1922, E. M.................... 87
O casamento é algo difícil: 4 de fevereiro de 1904, Ellen Key 87
Sou da opinião: 17 de agosto de 1901, Emanuel von Bodman 88
Não há uma: 25 de agosto de 1915, Annette de Vries-Hummes ... 89
Em última análise: 25 de junho de 1902, Otto Modersohn 89
Quando duas ou três pessoas: 1898 89
Raramente podemos: 20 de agosto de 1915, Annette de
  Vries-Hummes 90
Poder ajudar: 20 de agosto de 1915, Annette de Vries-Hummes ... 90
Num mundo: 21 de outubro de 1924, Hermann Pongs 90
Nenhum livro: 28 de dezembro de 1921, Ilse Blumenthal-Weiss... 90
Nossos sentimentos: 23 de agosto de 1915, Annette de
  Vries-Hummes 91
Talvez a sina do poeta: 1911 91
Ter uma pessoa: 25 de agosto de 1915, Annette de
  Vries-Hummes 92
Há um só erro: 11 de maio de 1910, Mimi Romanelli 92

De ser humano: 25 de julho de 1903, Lou Andreas-Salomé 92
Parece-me: 21 de outubro de 1924, Hermarm Pongs 92
No fundo: 29 de abril de 1904, Friedrich Westhoff 93
O privilégio: 9 de dezembro de 1925, Berta Flamm 93
Despedidas são: 18 de outubro de 1900, Clara Westhoff.......... 94
Como é significativo: 1902 94
Quanto mais humanos nos tornamos: 1902 94
Há muito já sabemos: 7 de março de 1919, Inga Junghanns 94

SOBRE TRABALHO: *Levante-se com alegria em seus dias de trabalho*

Talvez criar: 1902... 99
Ah, este anseio: 1902 99
É a mesma: 21 de fevereiro de 1907, Karl von der Heydt 99
Devemos mesclar: 19 de dezembro de 1906, Clara Rilke 100
Antes que tivessem: 11 de março de 1907, Clara Rilke 100
Levante-se com alegria: 1898............................... 100
O que se escreve: 21 de outubro de 1907, Reinhold von Walter.... 101
Nos céus infinitos: 4 de setembro de 1908, Clara Rilke 101
Com freqüência me pergunto: 14 de abril de 1910, Marietta
    von Nordeck 101
Já me perguntei várias vezes: 24 de agosto de 1904,
    Tora Hölmström....................................... 102
Admitir: 18 de dezembro de 1907, Sidonie Nádherny
    von Borutin... 102
A meu ver: 22-24 de março de 1920, Anita Forrer............. 103
Quando entrei: 19 de dezembro de 1925, Georg Reinhart....... 105
Que alguém: 17 de março de 1922, Margot Sizzo 105
A arte vai contra: 30 de agosto de 1910, Marie von Thurn
    und Taxis... 106
Lugares, paisagens: 13 de junho de 1908, Sidonie Nádherny
    von Borutin... 107
A fama é apenas: 1902..................................... 107
A fama hoje: 12 de novembro de 1925, Margot Sizzo 107
Você sabe: 22 de dezembro de 1908, Sidonie Nádherny
    von Borutin... 108
Ninguém é capaz de extrair: 17 de maio de 1898............... 108

SOBRE DIFICULDADE E ADVERSIDADE: *A medida pela qual conhecemos nossa força*

A falha: 2 de janeiro de 1909, Lili Kanitz-Menar 111
Ao que parece, o poder: 10 de setembro de 1921, Lou
    Andreas-Salomé 111
Uma apatia dessas: 27 de outubro de 1924, Nanny
    Wunderly-Volkart................................... 111
A experiência: 16 de março de 1907, Karl von der Heydt 111
Mas nunca se sabe: 16 de maio de 1920, Nanny
    Wunderly-Volkart................................... 112
Percebo: 28 de junho de 1922, Nanny Wunderly-Volkart......... 112
Isso não quer dizer: 27 de dezembro de 1920,
    Francine Brüstlein.................................. 112
Toda a miséria: 28 de junho de 1915, Thankmar von
    Münchhausen 112
Na vida: 19 de janeiro de 1920, Anita Forrer................. 113
Esse "levar a vida...": 13 de março de 1920, Rudolf Bodländer ... 113
Em algum ponto no espaço: 21 de outubro de 1914, Helene Nostiz. 113
Jamais devemos nos desesperar: 29 de abril de 1904, Friedrich
    Westhoff 114
Sem dúvida: 6 de setembro de 1915, Marie von Thurn und Taxis . 114
É desanimador: 6 de junho de 1921, Nanny Wunderly-Volkart... 114
Pergunto: 5 de dezembro de 1914, Marianne Von
    Goldsehmidt-Rothschild 114
Como toda criatura: 1921 115
O sofrimento: 6 de novembro de 1914, Karl e Elisabeth von
    der Heydt 115
Isto continua: 14 de fevereiro de 1920, Anita Forrer........... 115
Em que horrível estado: 12 de dezembro de 1921, Nanny
    Wunderly-Volkart................................... 116
E, no entanto: 9 de dezembro de 1913, Sidonie Nádherny von
    Borutin 116
"Quem revoga...": fim de novembro de 1920, Magdalena Schwamm
    Berger 116
E, enquanto: 19 de fevereiro de 1922, Margot Sizzo 117
As cordas do lamento: 17 de novembro de 1912, N. N. 117
O pesado: 21 de agosto de 1919, Yvonne von Wattenwyl........ 117

Nunca deixa: 21-22 de agosto de 1919, Yvonne von Wattenwyl .. 118
Entre solitários: 11 de setembro de 1915, Ilse Erdmann......... 119

SOBRE INFÂNCIA E EDUCAÇÃO: *O prazer da descoberta diária*

A infância: 11 de fevereiro de 1914, Magda von Hattingberg 123
A maioria das pessoas: 12 de novembro de 1901, Helmut
  Westhoff... 123
Arte é infância: 14 de fevereiro de 1904, Ellen Key 124
De fato não há: 20 de maio de 1921, Nanny
  Wunderly-Volkart.................................... 124
Por quê, meu Deus: 20 de fevereiro de 1921, Baladine
  Klossowska... 124
Não tomamos posse da vida: 20 de agosto de 1915, Annette de
  Vries-Hummes....................................... 124
Penso sempre: 2 de dezembro de 1921, Marie Therese
  Mirbach-Geldern..................................... 124
Ter infância: 16 de dezembro de 1902, Friedrich Huch......... 125
A infância é um país: 1898............................... 125
De fato é assim: 1898................................... 125
Os pais jamais deveriam: 1898............................ 126
À luz das circunstâncias atuais: 1902 126
Oh, se nossos pais: 1898 126
Cada pessoa deveria ser conduzida: 1902 126
Quantas crianças: 23 de dezembro de 1920, Regina Ullmann 127
Todo período histórico: 1902............................. 127
Por mais estranho: maio-junho 1905........................ 128
Todo saber: maio-junho 1905 128
As crianças suportam: 9 de fevereiro de 1914, Magda von
  Hattingberg... 129
Eu gostaria de acreditar: 9 de outubro de 1915, Ilse Erdmann 129
As crianças repousam: 8 de fevereiro de 1914, Magda von
  Hattingberg... 129
Isto é ser jovem: 1º de novembro de 1916, Aline Dietrichsen 129
Pense: 20 de novembro de 1904, a uma jovem 129
Exagerando um pouco: 17 de janeiro de 1900, Sidonie Nádherny
  von Borutin... 130
Tão cheio: 20 de agosto de 1909, Sidonie Nádherny von Borutin.. 130

SOBRE NATUREZA: *Ela não sabe nada de nós*

É difícil: 29 de agosto de 1900, Sofia Nikolaevna 133
Brincamos com forças obscuras: 1902 133
O mais extremo: 3 de junho de 1906, Sidonie Nádherny
von Borutin 134
O que sentimos como primavera: 1900 135

SOBRE SOLIDÃO: *Os mais solitários são, precisamente, os que mais contribuem para a coletividade*

Na minha infância: 3 de abril de 1903, Ellen Key 139
Não importa se é: 1898 140
Os mais solitários: 1898 140
Não sei mais o que dizer: 21 de outubro de 1907, Reinhold
von Walter 141
Considero isto: 12 de fevereiro de 1902,
Paula Modersohn-Becker 141
Em tal caso: 17 de agosto de 1901, Emanuel von Bodman 141
Em relação ao solitário: 7 de março de 1921, Lisa Heise 142
Aliás: 20 de março de 1922, Elizabeth de Waal 142
Cada um deve: 8 de abril de 1903, Clara Rilke 143
A solidão é: 17 de março de 1907, Paula Modersohn-Becker 143
É raro: 7 de março de 1921, Lisa Heise 144
É mais: 2 de dezembro de 1921, Marie Therese
Mirbach-Geldern 144
Poeta ou pintor: 1902 144
Estar sozinho: 30 de dezembro de 1911, Marie von Thurn
und Taxis 145
A arte não é: janeiro de 1914 145
Com que insistência: 24 de setembro de 1908, Rosa Schobloch ... 145
O objeto de arte: 2 de agosto de 1919, Lisa Heise 145
Por que pessoas que se amam se separam: 4 de novembro de 1909,
Elisabeth Schenk zu Schweinsberg 147

SOBRE DOENÇA E CONVALESCENÇA: *A dor não tolera interpretação*

Uma convalescença: 5 de julho de 1917, Anton Kippenberg 151
É insuportável: 11 de abril de 1912, Elsa Bruckmann 151

Como é perigosa: 11 de maio de 1926, Nanny Wunderly-Volkart . . 152
Antigamente me admirava: 1º de março de 1912, Lou
    Andreas-Salomé 152
Não tenho medo: 19 de fevereiro de 1914, Magda von
    Hattingberg 152
É verdade: 4 de janeiro de 1923, Marguerite Masson-Ruffy 152
Nada: 28 de janeiro de 1922, Lotti von Wedel 153
[Há] isso: 15 de janeiro de 1922, Nanny Wunderly-Volkart 153
A doença é o meio: 1907 154
Não atribuir: 1919 154
Para mim: 9 de maio de 1926, Margot Sizzo 155
Ainda que queiramos: 12 de março de 1922, Aurelia
    Gallarati-Scotti 156
No morrer: 9 de outubro de 1915, Ilse Erdmann 156
Considerar importante: 20 de março de 1919, Ilse Erdmann 157
Por fim: 12 de abril de 1922, Nanny Wunderly-Volkart 158
Resistir: 5 de agosto de 1909, Karl von der Heydt 158
Até mesmo: 28 de janeiro de 1912, Hedda Sauer 159

SOBRE PERDA, MORRER E MORTE: *Nem mesmo o tempo "consola"...*
    Ele põe as coisas no devido lugar e cria ordem

Quanto à influência: 23 de setembro de 1908, Elisabeth Schenk zu
    Schweinsberg 163
Simplesmente: 27 de dezembro de 1913, Thankmar von
    Münchhausen 163
Certa vez: 14 de fevereiro de 1920, Anita Forrer 164
Palavras...: 6 de janeiro de 1923, Margot Sizzo 165
O que, no fim: 1921 169
Nunca se sabe: 26 de março de 1920, Nanny Wunderly-Volkart . . 169
Para aqueles: 23 de dezembro de 1923, Magdalena
    Schwammberger 169
Minha querida S...: 1º de agosto de 1913, Sidonie Nádherny von
    Borutin 169
Ah, só pode: 16 de julho de 1908, Lili Kanitz-Menar 170
Agora, minha postura: 16 de julho de 1908, Lili Kanitz-Menar ... 171
Pela perda: 16 de junho de 1922, Alexandrine Schwerin 171
Veja, eu penso: 22 de outubro de 1923, Claire Goll 171

Nosso estado humano: 7 de julho de 1924, Catherine Pozzi 172
É a prerrogativa peculiar: 1º de maio de 1921, Erwin von Aretin . 173
Sim: 14 de abril de 1924, Rudolf Burckhardt 173
Não há tarefa: 4 de junho de 1921, Reinhold von Walter 173
Ou se diz: 2 de junho de 1921, Nanny Wunderly-Volkart 173
Li sua carta repetidas vezes: 12 de abril de 1923, Margot Sizzo ... 174
Compreender: 9 de outubro de 1915, Ilse Erdmann 176
Como desejo: 3 de fevereiro de 1912, André Gide.............. 176
Estamos: 1º de maio de 1924, Dory von der Mühll 176
Há morte na vida: 8 de dezembro de 1907, Mimi Romanelli..... 177
Entender: 21 de janeiro de 1919, Lou Andreas-Salomé 177
A morte é: 13 de novembro de 1925, Witold Hulewicz 177
Nunca a morte: 11 de setembro de 1919, Adelheid von
   der Marwitz 178
As experiências mais profundas: 21 de agosto de 1924,
   Catherine Pozzi 178

SOBRE LINGUAGEM: *A vasta, sussurrante e oscilante sintaxe*

Ser alguém: 1902 183
Em que tipo de solo: 16 de dezembro de 1913, Marie von Thurn
   und Taxis... 183
Está fora: 7 de novembro de 1925, Nanny Wunderly-Volkart ... 183
Quando escreve poesia: 29 de dezembro de 1908, Auguste Rodin .. 184
O que se escreve: 26 de dezembro de 1911, anônimo 184
Se algo criado: 25 de setembro de 1921, Nora
   Purtscher-Wydenbruck 184
Num poema: 8 de setembro de 1903, Lou Andreas-Salomé 185
Suponho: 17 de janeiro de 1926, Aurelia Gallarati-Scotti 186
É assustador: 7 de dezembro de 1907, Mimi Romanelli 186
Assim como é contrário: 5 de agosto de 1904, Clara Rilke 186
Não diga: 23 de março de 1921, Rolf von Ungern-Sternberg 186
Para falar com franqueza: 30 de novembro de 1913, Ilse Erdmann 186
No fundo: 27 de maio de 1899, Frieda von Bülow 188
Este é, de fato: setembro de 1916, Elisabeth Jacobi............. 188

SOBRE ARTE: *A arte se apresenta como uma concepção de vida*

As criações da arte: 24 de junho de 1907, Clara Rilke 191

A obra de arte: 1902 191
A arte se apresenta: 1898 191
Ascese: 1921 192
Pois arte é infância: 1898. 192
A vida: 20 de fevereiro de 1921, Baladine Klossowska. 192
O que escrevo: 13 de março de 1922, Rudolf Bodländer 193
Com certeza é imprescindível: 24 de junho de 1907, Clara Rilke ... 194
Por mais que: 11 de novembro de 1921, Gertrud Ouckama Knoop 194
Escreveu-se tanto: 6 de maio de 1899, Elena Woronina 194
Sempre se esquece: 28 de julho de 1901, Alexander Benois 195
O fato é: 28 de julho de 1901, Alexander Benois 195
Considero a arte: 1898 196
Um objeto de arte: 27 de janeiro de 1909, Anton Kippenberg..... 196
Sentimo-nos tentados a explicar a obra de arte: 1898 196
Não espere: 18 de novembro de 1920, Baladine Klossowska...... 197
Não pense você, artista: 1921 197
Várias vezes: 18 de novembro de 1920, Baladine Klossowska 198
Mesmo quando a música: 13 de fevereiro de 1914, Magda
  von Hattingberg 199
Na arte: 21 de agosto de 1924, Catherine Pozzi. 199
Quem entre nós: 14 de fevereiro de 1924, Werner Milch 199
[S]e toda arte: 12 de janeiro de 1900, Alfred Lichtwark 200
Quem se entregou à arte: 20 de agosto de 1915, Annette de
  Vries-Hummes 200
Assim como: 20 de agosto de 1915, Annette de Vries-Hummes ... 201
Esse jogo: 1921 201
Não consigo: março de 1921, Marie Therese Mirbach-Geldern ... 201
Deve-se recomendar: 29 de abril de 1921, Rolf von
  Ungern-Sternberg..................................... 202
A questão: 1º de novembro de 1916, Aline Dietrichsen 202
O trabalho artístico: 1º de janeiro de 1912, Manon zu
  Solms-Laubach 203
Notei: 21 de outubro de 1907, Reinhold von Walter 204
O olhar artístico: 19 de outubro de 1907, Clara Rilke........... 204
O "único trabalho": 13 de março de 1922, Rudolf Bodländer 205
Já muito cedo: 17 de janeiro de 1923, Dr. Faust 206
As comoventes: 12 de janeiro de 1922, Robert Heinz Heygrodt ... 206
Parece-me: 12 de janeiro de 1922, Robert Heinz Heygrodt 207
Na arte: 28 de junho de 1907, Clara Rilke 207

Tão logo: 24 de dezembro de 1921, Robert Heinz Heygrodt..... 208
Parece: 6 de junho de 1906, Clara Rilke..................... 208
O terrível: 28 de dezembro de 1911, Lou Andreas-Salomé...... 209
A arte não deve: 19 de agosto de 1909, Jakob Uexkuell.......... 209
O objeto é definido: 8 de agosto de 1903, Lou Andreas-Salomé ... 210
Veja: não quero: 11 de agosto de 1903, Lou Andreas-Salomé..... 210
Esta é a base: 22 de novembro de 1920, R. S. 211
Toda atividade criativa: 31 de março de 1921, Erwein von
   Aretin 211
O artista: 26 de julho de 1923, Hans Reinhart 212
Nossa época: 1909 212
Para que algo se torne arte: 23 de março de 1922, Rudolf
   Bodländer 213
As coisas: 13 de novembro de 1925, Witold Hulewicz.......... 213
A arte promete: 5 de novembro de 1918, Anni Mewes.......... 214
A revolução: 5 de janeiro de 1919, Emil Lettré 214
Segurança: 9 de outubro de 1916, Ilse Erdmann 214
Realmente há: 20 de novembro de 1905, Karl von der Heydt 215
A confusão: 26 de julho de 1923, Hans Reinhart 215

SOBRE FÉ: *Uma direção do coração*

Religião é: 28 de dezembro de 1921, Ilse Blumenthal-Weiss 219
A oração é um raio: 5 de janeiro de 1910, Mimi Romanelli 219
Fé!: 28 de dezembro de 1921, Ilse Blumenthal-Weiss 220
Um tipo de mal-entendido: 2 de junho de 1921, Nanny
   Wunderly-Volkart 220
Assim como as expressões: 1921 221
Você acha: 8 de novembro de 1915, Lotte Hepner 221
A religião é a arte: 1921 224
Desde minha: 17 de dezembro de 1921, Marie von Thurn und
   Taxis 224
Deus é a mais antiga obra de arte: 1921 225
Todo amor: 21 de março de 1913, Marie von Thurn und Taxis ... 225
Reluto: 1909 226
Vista de um: 16 de janeiro de 1922, R. R. Junghanns 228
Pessoalmente: 16 de janeiro de 1922, R. R. Junghanns 228
Que pretensão: maio/junho de 1905 228
Não vou ocultar: 2 de dezembro de 1913, Reinhard Sorge 229

Por favor, não esqueça: 14 de maio de 1911, Marlise Gerding 229
Quem pode ter certeza: 8 de novembro de 1915, Lotte Hepner . . . 229
No âmbito puramente espiritual: 4 de junho de 1914,
   Reinhard Sorge 230
Nunca a religião: 3 de fevereiro de 1921, Inga Junghanns 230
Alegria é: 5 de dezembro de 1914, Marianne von
   Goldschmidt-Rothschild 231
Entre todas: 30 de agosto de 1920, Baladine Klossowska 231
A realidade: 31 de janeiro de 1914, Ilse Erdmann 231
Há momentos: 19 de janeiro de 1912, Marie von Thurn und
   Taxis 232

SOBRE BONDADE E MORAL: *Nada que é bom, tão logo venha à existência, pode ser suprimido*

Nada que é bom: 1907 235
Na verdade, não existem: 17 de janeiro de 1923, August Faust 235
Nada dificulta: 31 de janeiro de 1922, Inga Junghanns 235
Defender: 28 de agosto de 1915, Annette de Vries-Hummes 235
No que concerne à ajuda: 20 de maio de 1921, Nanny
   Wunderly-Volkart 235
De todas essas: 14 de fevereiro de 1904, Ellen Key 236
Preservar a tradição: 30 de março de 1923, Leopold von
   Schlözer 237
Anseio por pessoas: 22 de setembro de 1918, Marie von
   Bunsen 238
O indivíduo: 6 de agosto de 1919, Aline Dietrichstein 238
Não há nada: 20 de dezembro de 1922, Mathilde Vollmoeller . . . 239
Os tipos de experiência: 30 de agosto de 1919, Lisa Heise 239
A violência é: 15 de novembro de 1918, Erich Katzenstein 239
Simplesmente ter planos: 28 de janeiro de 1922, Rolf von
   Ungern-Sternberg 239
Se o ser humano: 6 de agosto de 1919, Aline Dietrichstein 239
O tipo de religiosidade: 20 de agosto de 1908, Eva Cassirer 240

SOBRE AMOR: *Não há força no mundo exceto o amor*

Não há força: 5 de março de 1921, Simone Brüstlein 243
O amor: 18 de novembro de 1920, Baladine Klossowska 243

Levar o amor a sério: 29 de abril de 1904, Friedrich Westhoff 243
Pois o amor é o verdadeiro clima do destino: 1921 244
Ao agarrar: 28 de setembro de 1920, Baladine Klossowska 244
Quando uma pessoa: 29 de abril de 1904, Friedrich Westhoff 245
De novo é sempre: 19 de janeiro de 1920, Lisa Heise 245
A pesquisa fisiológica: 7 de janeiro de 1920, Nanny
  Wunderly-Volkart 246
Não existe prisão pior: 1908. 248
Para todas as transformações: 2 de fevereiro de 1920,
  Anita Forrer 248
Duas pessoas: 1898 250
Não é maravilhoso: 24 de fevereiro de 1912, anônimo 250
O terrível é: 23 de março de 1922, Rudolf Bodländer 250
Se não opus resistência: 1921 251
Que triste figura: 23 de janeiro de 1912, Annette Kolb 252
Ser amado significa inflamar-se: 1908 252
Este é o milagre: 17 de setembro de 1907, Julie von Nordeck zur
  Rabenau 252
É parte: 20 de fevereiro de 1917, Imma von Ehrenfels 253
A mulher passou: 23 de janeiro de 1912, Annette Kolb 253
É improvável: 29 de abril de 1904, Friedrich Westhoff 253
Uma vez amando: fim de novembro de 1923, Magdalena
  Schwammberger 255
Que brutal: 10 de abril de 1913, Marie von Thurn und Taxis 256
Quanto mais somos: 29 de abril de 1904, Friedrich Westhoff 256
É uma característica: 1908 256
Pessoas apaixonadas: 1908 256
As pessoas estão tão terrivelmente distantes: 1898 256
Há uma possibilidade de amarmos: 1919 256
Nunca entendi: 24 de setembro de 1908, Sidonie Nádherny von
  Borutin 256

1ª edição Agosto de 2007 | 2ª reimpressão Julho de 2014
Projeto gráfico e diagramação Megaart Design | **Fonte** Rotis/AGaramond
Papel Chambril Avena 80 g/m² | **Impressão e acabamento** Imprensa da Fé